빈집과 공명

신유보 산문집

들어가며

불신으로 맹신하기

○

아마도 나는 평생 밝은 이야기는 못할 것 같다. 이 책 또한 그렇다. 잘 안 보일 만큼 어둡고 바닥이 어디인지 모를 만큼 깊다. 자꾸만 꺼내고 싶은 이야기가 있는데 그런 것들을 완전하게 소통 가능한 언어로 늘어 놓는 일은 용기도 나지 않고 충분히 솔직할 자신이 없다.

그 누구에게도 일어나지 않은 대단하고 특별한 일이 있었던 것은 아니다. 그런 것과 관계 없이 나에겐 나만의 몰락이 있었고 여전히 어떤 마음을 재건하는 중에 있다. 나아진 이야기, 세상을 더 깊이 이해하는 이야기. 감히 이런 이야기를 하고 싶었는데 삶은 습관처럼 나를 배신하고 나는 여전히 혼란이라는 방 안에서 홀로 뛰어다닌다.

단 한 순간도 남의 말로 나를 증명하고 싶지 않다. 언제나 나의 언어로 하고 싶다. 그 욕망은 필연적으로 나를 외롭게 한다. 있는 그대로 받아들여지면 좋겠는데 세상에 나라는 존재를 제외하면 전부 타자이니 그거야말로 이룰 수 없는 꿈이 겠지. 참 이상하다. 기존의 표현을 빌려 열심히 설명하면 존재가 왜곡 당하고 본질마저 해석된다. 틀린 사람이 되는 기분이 이어진다. 비유하고 함축하면 완전히 닿을 수는 없어도 이해의 노력을 받는 것 같다. 내가 지금 헤매는 곳이 어디인지도 도무지 모르겠다. 그런데도 괜찮아지는 기분이다.

집을 향한 집착을 거두지 못한다. 현실적으로도, 비유적으로도. 집에서의 나의 존재를 끊임없이 의심하게 되니 집도 빈집도 내겐 전부 모순적이다. 비어있는 게 무엇인지, 점유한 상태는 또 무엇인지 자꾸 고민할 수밖에 없다. 그래도 고민을 거듭하면 하고 싶은 말과 해야 하는 말이 명확해진다. 종종 강렬하게 죽고 싶고, 매일 정신을 놓아 버리고 싶을 만큼 외롭다. 그럼에도 죽지 않고 정신을 부여 잡고 사는 건 다 그말들 덕분일 것이다. 그리고 결국 내가 맛있는 음식과 예측할수 없는 날씨와 보고 싶은 사람들을 포기하지 않고 사랑하기 때문이겠지.

작가가 무엇을 하는 사람인지 여전히 잘 모르지만 적어도 독자를 기만하지는 않아야 한다고 생각한다. 삶과 글이 완벽하게 일치해야 한다고 생각하지도 않고, 그럴 수 있다고 믿지도 않지만 적어도 써서 세상에 내놓았으면 그 이후는 전과 같을 수 없다. 그래야 한다. 아무도 읽지 않더라도 내가 모든 걸 알고 있으니까. 그런 마음으로 썼다.

세상에 독실한 믿음을 지니고 연명하고 싶다고 언제나 생각한다. 나는 여전히 아무도, 아무것도 믿지 않는다. 그래서 쓴다.

2024년 10월
신유보

들어가며

1부

아무도 오지 않는,
어두운 빛에 기대어

자주 우는 사람의 마음

하고 싶은 말은 늘 많다. 할 수 있는 말은 생각보다 많지 않다. 진심을 털어 놓는 얼굴에서는 낡은 의자 다리 소리가 난다. 삐걱삐걱. 그 소리를 보고 싶지 않아서 눈을 질끈 감으면 소리 대신 눈물이 떨어진다. 눈물은 자주 진심보다 덜 추하다. 꽤 확신에 차서 말하지만 실은 내가 틀리길 바라고 있다.

누군가 내 이마나 등을 쓸면 사지가 바닥에 툭 떨어진다. 막혀 있던 숨통이 트이는 느낌과 오랫동안 뚫려 있던 구멍이 채워지는 느낌은 어째서 확실히 구분할 수 없는 걸까? 근원은 언제나 원망스럽다. 아주 많이 울었던 날들을 떠올리면 하나도 부끄럽지 않다. 왈칵 쏟아지는 것이 눈물인 게 속수무책의 단어들인 것보다 낫다. 말하고 싶지 않은 심정에 관해 이야기 나누고 싶다. 입을 꾹 다문 채로 눈동자의 고민이 시작되는 시간에 관해. 할 말은 부풀대로 부풀었는데 톡 터뜨려 줄 바늘을 지니지 못한 처지에 관해.

우는 사람은 말하고 싶지 않은 사람일까? 언제나 그렇듯 자신의 이야기를 할 때 가장 아리송해진다. 내가 어떤 사람인지 이야기하다 보면 결국 모르는 사람이 남는다. 자신을 쏟아내는 일 하나로 자기확신이 가능하다면 작가의 존재를 설명할 수 없을 것이다.

자주 우는 사람이라 좋은 점은 우는 사람이 울 수 있게 둔다는 것. 내 앞에서 나약해진 사람을 다그치거나 책망하지 않는 일은 풍경화를 감상하는 일을 닮았다. 적당한 거리에서 편안하게 전체를 봐야 하는 일. 내가 당신 앞에서 끝 모르고 울고 있다면 나는 있는 그대로 당신에게 도착하고 싶었던 것일 테다. 기꺼이 감상의 대상이 되길 바랐던 것일 테다.

읽히지 않는 책, 전시되지 않는 그림, 연주되지 않는 음악. 아름다운지 알 수 없는 무용한 것들의 입장을 닮는다. 울지 않는 나는 그런 것이다. 나는 눈물이나 울음을 그래서 긍정하고 싶다. 우리가 해결을 위해 예술을 하지 않듯 우는 일 또한 사건을 해결하기 위해 일어나는 것은 아니다. 그저 통하고 싶은 욕구. 울음에 고개를 끄덕여주거나 함께 우는 일은 공명의 증거일 테니까.

나를 관객으로 두고 싶다면 언제든 내게 와서 마음껏 울어도 된다. 밤을 새워도 좋다.

○
꿈의 집

지닌 것 중 일부를 나의 바깥으로 쫓아내는 상상을 한다. 나가라고 명령했을 때 스스로 저벅저벅 걸어나가면 좋으련만. 버리는 일은 들이는 일보다 언제나 더 어렵다. 어떤 것들이 나의 바깥으로 나가야 하는 이유가 있다면 그것은 더는 필요하지 않거나, 욕망이 앞섰거나, 지나치게 무겁거나, 있었는 줄 몰랐거나, 위험하거나, 흥미롭지 않거나, 부패했거나, 도무지 익지 않거나, 아무리 모아도 흐트러지거나, 지나치게 붙어있어 너머가 보이지 않거나, 흔들었을 때 아무 소리도 나지 않거나, 실수로 놓쳐서 산산조각 났거나, 볼 때마다 원하지 않는 감정이 촉발되거나, 닳도록 만져도 아무것도 느껴지지 않기 때문이다.

나의 바깥으로 내보낼 수 있다는 것은 그것이 더는 내가 아니라는 증거. 내가 가진 것, 내가 겪은 것, 내가 통과한 것, 내가 믿는 것, 내가 바라는 것 그 모든 것 중 나와 내가 아님을 분별할 수 있을까. 내보내고 또 내보내다 보면 나는 마침내 텅 빌 수 있을까. 아니, 그 전에 나는 정말 그러길 원하나.

꿈의 집. 그런 것을 떠올리면 대체로 하얗거나 검다. 잘 정리되길 바란 적 없다. 그러므로 물건은 없다. 전부 내보냈다. 그런 곳의 냄새를 상상한다. 오직 벽지 냄새. 오직 큼지막한 가구 냄새. 사람의 흔적이 묻지 않아 냉정하고 단정한 냄새. 꿈의 집에는 나도 없다. 내가 있으면 냄새는 흐트러질 것이다. 내가 있으면 살냄새나 직물 냄새나 기름 냄새 따위가 날 것이다. 꿈의 집에 내가 묻으면 원하지 않는 냄새가 날 것이다.

욕망이 투여된 것엔 늘 냄새가 난다. 그것이 존재의 욕망이든 소멸의 욕망이든 성장의 욕망이든 회피의 욕망이든. 모든 욕망엔 냄새가 난다. 정확한 출처를 몰라도 우리는 결이 다른 냄새라면 금세 알아차린다. 꿈의 집에 살려면 감각을 죽여야 한다. 느끼지 말아야 한다. 있지만 없는 것처럼 있어야 한다. 내가 있는 줄 나조차 모르게. 침입자가 있을 때 바로 알아차릴 수 있도록. 욕망을 품고 넘어오는 것을 바로 눈치챌 수 있도록.

내가 나인 것을 완벽하게 지키는 방법은 언제나 실패한다. 꿈의 집에 살고 싶지 않아. 꿈의 집이 되고 싶지.

○

blue print

화학적 혹은 공학적 이유로 설계 도면은 타고나길 청색의 운명이었겠지만, 청사진이라고 우리가 흔히 일컫는 비유의 언어는 원래의 용도와 무관한 낭만성이 있다. 영어로 blue는 새파랗고 시리고 우울하다는 뜻이지만 푸를 청靑은 푸르고 젊다는 뜻이니까 말이다.

오랫동안 청사진은 사치였다. 미래에 관한 희망적인 계획이나 관망은 오늘의 내가 내일도 있는 일이 희박하게 느껴지는 시기엔 허황에 불과하니. 오늘의 내가 내일도 있는 경우. 그걸 지켜낸 것만으로 나는 질타나 연민을 받지 않는 큰 일을 해내는 셈이었던 때. 미래가 없는 편이 차라리 희망적이던, 미래가 내게 담보조차 되지 않던 시절. 사람은 자신의 신념을 정당화하기 위해 죽어가는 와중에도 야금야금 근거를 찾아 둔다. 그리곤 신분증처럼 가슴에 품고 버티다가 진정성을 의심받을 시 기다렸다는 듯이 꺼낸다. 과거 나에게 일어났던 일은 전부 나의 증명이 된다. 살고 싶지 않다. 살지 않겠다. 삶이 죽음보다 의미 있다는 것은 산 자들의 유세 혹은 착각이다. 한쪽만 겪어본 사람들이 하는 말은 절대 옳을 수 없기 때문이다. 이런 말에 '그럼에도 불구하고'를 붙이며 삶의 가치를 내세우는 사람들 앞에서 나는 늘 고민했다. 나만의 신분증을 꺼내보일지 말지를. 그 어떤 곳에서도 공식적으로 발급해줄 수 없는 나만의 이야기가 불행을 핑계로 삶을 포기하려는 비겁함으로 비춰지면, 그땐 정말로, 더 이상 멈춰 설 곳이 없으니까. 신중하고 또 신중하게. 진짜 목이 졸릴 때만 꺼내 보이자고 다짐하며.

숱한 거절과 왜곡과 혐오와 야속하게 빗나가기만 하는 모든 반사와 굴절도 요동 없는 표면을 만나면 과녁에 명중한다. 나락 같은 희망이 눈을 찌른다. 존재하지 않아야 하는 이유가 존재하는 이유를 앞지른다. 그런 사람에게 청사진은 가본 적 없는 이국의 미신 같은 것이다. 청사진의 청이 blue의 의미이지 푸를 청青일 리 없다.

소장 중인 모든 책을 기꺼이 분류해 꽂아둔 책장 앞에서 매번 꺼내는 책만 꺼냈다. 한 번 꺼내어진 책은 두 번도, 세 번도 그럴 수 있었다. 책등만 바랜 책 앞에 서면 감히 그것과 나를 동일시했다. 나는 어쩌면 영원히 읽힐 수 없는 이야기. 그런 낭만을 한껏 부여하며 스스로를 격상시켰다. 물론 그럴수록 초라해졌다. 그 누구도, 단 한 번도 제대로 펼쳐보지 않은 책은 책인가? 책이다. 나는, 나는 사람인가? 사람이고 싶다. 읽을 수 없다면 들려줄게. 그래서 떠들었는지도 모른다. 생의 첫 수치, 생의 첫 공포, 생의 첫 버려짐, 생의 첫 소원, 생의 첫 갈망. 나 여기 있어요. 이런 사람도 있어요. 살아요. 사랑해요. 사랑해주세요. 왜 말리지 않았냐고 따져 물을 사람이 있다면 오직 나 자신뿐이었다. 근본 없는 신분증 따위를 만든 사람이 바로 나였기에.

고인 채로 깊어지는 웅덩이가 내 안에 있다. 그 안에 뛰어들 수 있는 것도 나다. 그림을 그리는 동료가 말했듯 모든 색의 종착지는 검정이다. 아주, 아주아주 푸르면 검다. 까마득히 고이면 암흑이다. 선택이 앞에 있었다. 뛰어들래, 말래? 그러니까 뛰어들래, 살래?

정신을 차리고 보니 여전히 살아있다는 말이 가장 어울리겠다. 특별한 계기가 없었던 것마저 생의 배반이라면 배반이겠지만, 그 계속되는 배반이 내가 모르고 있거나 모른 척하고 싶었던 나를 자꾸 꺼내어 놓는다. 그 애가 나와서 조금씩 푸를 청靑이 어떤 색인지 보여준다. 조각난 생의 도면을 어린아이에게 퍼즐 조각 쥐어 주듯 내게도 그렇게. 사실은 잘 살고 싶지? 사실은 건강하게, 견고하게 살고 싶은 거잖아. 계속 글도 시도 읽고 쓰고 싶은 거잖아. 더 맛있고 정갈한 음식을. 유쾌하고 반짝이는 대화를. 왜곡 없이 주고받고 싶은 거잖아.

내가 기도를 했다면 기도가 통한 것이고, 제사를 올렸다면 조상이 도운 것일까? 시간이 약이라는 게 이런 느낌일까? 나는 나를 위해 한 게 없는데 이런 것도 생의 무자비인 것은 아닐까?

신분증을 이면지로 쓰기로 했다. 그곳에 조각난 건물을 조립해보기로 했다. 나의 청사진은 이미 한 번 인쇄되었던 도면의 콜라주. 힌트를 찾기 위해 책장 앞에 다시 섰다. 책등만 바랜 책의 첫 장을 넘겼다. 푸른 면지 위에 검정펜으로 또박또박 오늘 날짜를 새겼다.

○
살의 기억

근거 없이 확신할 수 있는 마음과 기꺼이 착각해도 안심이 되는 마음. 어느 쪽이든 나를 잘 먹이고 재우게 하는 일. 생각도 간섭도 없이 깔깔 웃게 하고 울더라도 스스로 닦을 수 있게 하는 힘. 불확실성의 낭만. 여름 과일이 얼마나 단지 혹은 신지 사뭇 진지하게 토의하는 장면.

기억이 그런 방식으로만 유지된다면 나는 고독이나 죽음이나 사랑에 대해서 이렇게까지 말할 필요가 없을지도 모른다. 살의 기억엔 낭만도 착각도 되지 않는 순간들이 많다. 무릎, 뺨, 팔뚝, 가슴, 머리채. 나의 신체부위가 낱낱이 찢어지고 쪼개져 도처에 흩뿌려져 있다.

긍정을 의심하는 일과 부정을 의심하는 일의 무게는 다르다. 내 몸이 완전히 나의 것일 때가 그렇지 않을 때보다 드물다.

곧 도축이 될 소나 돼지의 기분,이라고 쓰고 이내 지우고 싶지만 더 설명할 언어를 찾지 못해 그냥 둔다. 이러한 비유가 타당성을 잃어 종국에는 소멸해야 한다. 나는 내가 남긴 말에 반드시 책임을 지고 싶다.

간접 조명등

이곳은 어디쯤일까? 까마득하다.

아무도 오지 않는 집. 불은 늘 꺼져있다. 낮에는 간신히 드는 해가, 밤에는 침대 옆 홀로 놓인 장스탠드가 시야를 확보해 준다. 다들 혼자 있으면 이정도는 울면서 삶을 견디나? 그랬으면 좋겠다. 이렇게 울고불고 죽었다 살아나길 반복하는 일이 회복되지 않는 상처를 가진 소수의 몫이라면 좀 억울하다.

일상 속 대부분의 희미한 괴로움은 뭉툭하고 무겁다. 뭉툭한 것에는 찔려서 피가 날 일은 없지만 대신 그것에 아주 묵직하게 눌리면 멍이 든다. 찔리는 고통보다 잔잔하지만 통증의 반경이 더 넓다. 그에 반해 확실한 기쁨은 너무 자잘하고 가벼워서 쉽게 날아간다. 피도 안 나게 콕 찔린 느낌 정도. 이런 걸 대체 무슨 수로 꽉 잡고 다음까지 버틸 수 있지? 그래서인지 긍정과 낙관을 무조건적으로 신봉하고 모든 고통의 이야기 하나하나에서 어떻게든 희망을 건져내는 일을 결말로 두는 글은 정말이지 무슨 소리를 하고 있는지 도무지 모르겠다. 거기엔 불행에 대한 존중이 결여되어 있다고 느낀다.

자, 괴로움의 밑바닥을 거듭 파고드는 일과
그 어떤 상황에서도 교훈을 얻는 일.
둘 중 어느 것이 더 독하지?

이러니까 나는 아무도 모르게 혼자 내 이야기를 쓰는 사람이 되었겠지. 축축하게 불행한 분투의 이야기를 좋아해 주는 사람이 있는 게 기쁘고 위로가 되다가도 역시나 둘로 나눈다고 절반이 되는 일은 물성이 있는 것에서만 가능하다. 아무리 나눠 가져도 가벼워지지 않는 것들. 다들 이렇게 고단하다는 생각이 들면 아무래도 힘이 솟는다기보다 좀 슬퍼진다. 아까는 억울하기 싫은 것처럼 말했으면서, 이건 이것대로 슬프다. 도무지 하나만 할 수가 없다.

이런 글을 써서 주변을 다 잠기게 하고 싶은 걸까? 혹은 내 주변의 모두가 살기 위해 나를 버리길 바라는 걸까? 다 떠나간다고 생각하면 그땐 정말 죽을 수 있을 것 같은 건가, 혹시? 아니다. 일단 내 불행은 세상을 잠기게 할 만큼의 대단한 부피를 차지하지 못한다. 그냥 적당히 나 하나 잠길 정도다. 주변 사람들이 떠나는 일은…… 이 사람을 떠올리면 그럴 만도 한 것 같고 저 사람을 떠올리면 조금은 서운하다. 서운한 마음으론 아마 죽을 수 없을 것이다. 그런 속된 마음이 남아 있다는 건 굉장히 살만하다는 증거에 가깝지만, 모르겠다. 나는 계속해서 나만의 불행과 싸우며 살겠다는 것일까?

문득 이러한 생각이 아주 형편없고 이기적이라는 생각이 든다. 그럼에도 불구하고 반드시 필요하다는 확신도 든다. 내게는 어떤 '척'을 하지 않음으로써 지키고 있는 세상에 대한 예의가 있다. 그런 예의는 지금까지 한 번도 제대로 잡아본 적 없는 희망의 선명도를 올리는 일에 가깝다.

아무도 오지 않는, 어두운 빛에 기대어 있는 집에서 투명하게 있고 싶다. 애써 반사시키며 빛나고 싶지 않다. 딱 빛이 드는 만큼. 빛이 있는 그대로 나를 통과하는 만큼만 존재하고 싶다. 나를 긁고 때리고 지나가는 것들에 지나치게 많은 의미부여를 하며 원인의 자리를 내어주는 대신에 불균형투성이가 되어버린 나도 얼마든지 있는 그대로 보일 수 있게 존재하고 싶다.

○
빈집

집은 사람이나 동물이 살기 위해 지은 건물 또는 가정을 이루고 생활하는 곳을 뜻한다. 그런데 집이 비어 그 어느 것에도 점유되지 않는 빈 상태가 되면 빈집이라고 부른다. 빈집도 집인 게 재밌다. 집 안에 삶이 없어도 집이라고 부르는 것이 웃기다. 사람만 있고 삶은 없는 경우에는 빈집이 아니라 집이 된다는 점도 웃기다. 둘 다 차라리 '빔'이 어울린다.

내게 있는 집 혹은 집 버리기를 향한 알 수 없는 욕구. 내가 단순히 무주택자이기 때문도 아니고, 첫 책 『집, 어느 민달팽이의 유랑』 이후 그곳을 떠나지 못했기 때문도 아니다. 앞으로 아무리 집이 생기고 내가 지금 여기서 확실하게 첫 책을 떠나왔다고 말해도 문제적 지점은 달라지지 않는다. 집의 의미를 가족이나 가정으로 넓게 보아도 마찬가지다. 한때는 내게 집이 없다고 생각해 민달팽이 자아를 만들고 스스로 유랑하는 몸을 자처했는데. 여기까지 오니 실은 내게 집이 없었다기보다 그 집이 명확하게 빈집이라 내가 있을 수 없어 버린 것이 아닐까 싶다.

여름에는 무성한 잎을, 겨울에는 앙상한 가지를 떠올리는 일을 우리는 적당한 이치라고 부를 수 있겠다. 그렇다면 집의 이치가 빈집은 아닐 것이다. 하지만 수많은 집이 실은 집의 이치보다 빈집의 아이러니에 가깝다. 거듭해 그것이 삶이라면, 그럼에도 내가 인정하지 못하는 것이라면, 빈집도 집이라면, 차라리 살지 않기를 선택하고 싶다.

사람들의 몸에 남은 흉터는 빈집의 증거다. 죽임을 당하는 꿈을 반복해 꾸던 어린 나도 빈집의 증거다. 나와 함께 자라 여전히 곁에 붙어있는 기억의 재생도 빈집의 증거다. 분명 힘만 있고 방향이 잘못돼 나를 짓누르는 증거가 이리도 많은데. 물성은 사라지고 심상만 남은 나의 빈집은 증거로 가득찼다. 너덜너덜한 폴리스라인. 내 안의 가득찬 빈집.

내 안에 사건이 너무 많다.

일광화상

일 년 중 가장 무더운 시기는 한여름보다 더 지독한 가을볕이 내리쬘 때다. 나는 그즈음 태어났다. 곡식을 모두 거두고야 마는 강렬한 볕. 발악은 수명을 다했다는 걸 느낄 때 시작된다.

수확은 시간의 죽음이 목전에 있을 때다. 그 기분을 아는 것 이상으로 살아냈고, 얼핏 통과한 것 같기도 하다. 하지만 삶이 더 지옥 같은 이유는 이를 이루는 대부분이 계절 같기 때문. 바퀴가 한 바퀴를 굴러 원점으로 돌아오듯 사는 동안의 괴로움 또한 그렇다. 끝날 때까지 도무지 끝나지를 않는다.

부정하거나 대체할 수 없는 불안, 불운, 불행으로 가득했던 시절. 그 시절의 감각을 잊은 적 없고, 잊을 수도 없고, 이따금 복기할 때마다 그때는 그랬다고 인정한다(혹은 그러고 있길 바라는 마음으로 그런 척한다). 사실, 그런 시도만으로도 나는 이전보다 덜 불안, 불운, 불행한 것 같으니까.

분하다.

탄생과 태생이.

있음과 있어짐이.

숨만으로 살아지는 것이.

그래서?

그래서 더 지독하게 물고 늘어지기로 한다. 나의 피를 진창 빨아먹고 영영 사라지는 것들처럼. 이따금 내 손에 죽는 것들처럼. 이것들 모두를 거둘 것이다. 내게 주어진 것을 바싹 말려 유효한 상태로 만들 것이다. 쓸모를 만들어 살 것이다. 살아낼 것이다. 그래야만 한다. 그럴수록 늘어가는 흉은 당연한 일이다. 육신은 노화한다. 이전엔 곧잘 사라지던 흉이 언젠가부터 희미해질 뿐 말끔하게 사라지지는 않는다.

상흔은 흔적. 흔적은 궤적. 몇 해의 여름을 견뎌 가을을 살아냈는지. 무자비. 그 증명. 대체 왜 어째서 이토록 증명해야 합니까…… 발등에도, 정강이에도, 어깻죽지에도 네가 있다. 여전히 있다.

○
매일 서글픈 날씨

스콜이 지나간 자리의 묘연함. 그 괴괴함. 폭염을 뚫는 그 세찬 비는 지나간 자리에 좀처럼 흔적을 남기지 않는다. 아스팔트는 김이 올라올 것처럼 바짝 마른다. 어수선한 구름. 거짓말이라고 비유할 만한 모든 현상을 닮아버린 것 같다. 내가 통과한 사건들. 무뎌지고 납작해진 것처럼 굴지만 결국은 더 예리해진 부분을 숨기다 스스로 다치게 되는 일들.

보편성이라고 부르는 것들로부터 멀어진 정도가 클수록 사람이 좁아지는 기분이 드는 건 어쩔 수 없다. 서툰 것들이 지나치게 서툴어서 한눈에 티가 나는 일. 그럴수록 드는 한 가지 확실한 생각은 반드시 아주 깔끔하게 혼자서 지낼 줄 알아야 한다는 것.

집에 덩그러니 혼자 있을 때, 무기력 덩어리가 되어 누워만 있을 게 아니라 청소기를 돌려.
반복된 비의 흔적으로 남은 창틀의 까만 때를 닦아.

올해 아직 한 번도 입지 않은 옷이 있다면 버려.

더 이상 쓰지 않는 오래된 색조 화장품을 정리해.

어린 네가 기숙사 시절 그랬던 것처럼 침대 시트를 갈고 의자를 책상에 올린 후 바닥을 쓸어.

세탁물도 정리해.

사놓고 읽지 않은 시집을 펴.

할부로 산 맥북을 펴고 뭐라도 써.

무엇보다 너 자신을 씻기는 일을 게을리 하지 마.

샤워 한 번으로 남은 하루는 꽤 달라져.

몇 번 해내 봐서 알잖아.

침잠하지마.

밖으로 나와.

혼자지만 혼자가 아니고 혼자가 아닌 듯하지만 어차피 혼자야.

알잖아.

　　혼자 통과하는 시간이 관건이다. 이따금 취해 있지 않으면 제정신으로 있을 수가 없다. 술이 아니라 감정에. 눈물을 훔쳐 낸 휴지더미를 며칠이고 휴지곽 옆에 그대로 둔다. 치우지 않고 지날 때마다 보고 기억한다. 죽는 대신 바싹 마를 때까지 울었던 아무도 모르는 그날 밤의 나를. 그거 그냥 더러운 거라고 하면 당신 말도 맞다.

날씨의 원인을 파악하는 건 전문가의 일이지 길을 지나던 사람의 몫은 아니다. 어쩌다 이만큼이나 나 자신이 싫어졌는지 알 수는 없지만 이런 고민을 하면 다시 원점일 것을 알기에 멈춘다. 이제는 정말로 원죄에 관한 이야기가 지겹다. 하늘에서 뚝 떨어진 게 아닌데 하늘에서 뚝 떨어진 것처럼 살려니까 어렵다. 나랑 내가 자꾸 싸운다.

○
안아주세요

화난다고 자꾸 그렇게 벗어나지 말라는 말을 들었다. 자리를 지킨다고 해서 명징하게 혹은 다정하게 해결된 날은 단 하루도 없었다. 나는 무마를 원한 적이 없다. 나는 화가 난다는 이유로 도망치려던 적이 없다. 당신은 나를 알았던 적이 없다.

'저리 가서 벽 보고 서 있어!'

잔인한 투기다. 어떨 때는 말 대신 포옹으로 감정과 에너지를 전해주는 게 훨씬 미래적이다. 잘못하면 벌을 받아야 한다는 논리(형법적인 관점에서 말하는 게 아니다)는 처절하게 외롭다. 그것은 흐르지 못하고 고이는 웅덩이 같다. 나는 늘 안아주는 사람이 되고 싶었다. 나는 흐르고 싶었다. 콸콸, 격렬하게. 갈등 앞에서 언제나 시도했다. 갈등에게 포옹을 건네고 싶었다. 정확하게 말하되 뜨겁게 안고 싶었다. 그런 마음의 실패 앞에서 여러 번 굴복했지만, 생각해 보면 그런 마음의 완결이 반드시 돌아오는 포옹이어야 하는 것은 아님을 인정한다.

나에게 가장 필요한 사람은 나다. 최후의 순간에 나를 가장 뜨겁게 안아주는 사람이 나이길 바란다. 슬픈 일은 비단 나를 안아주는 사람이 없다는 것뿐만 아니라 나조차 그러지 못한다는 사실. 적당한 품과 단정한 토닥임. 그뿐이면 되는데 어째서 우리의 온도는 그렇게까지 높아지지 않을까? 어째서 나와 나는 이토록 멀리 있을까.

벌 받는 아이의 심정을 자처하면 용서받을 수 있을지도 모른다고. 하지만 내가 용서받아야 할 정도의 짓을 하진 않은 것 같기도 해. 그래서 일어난 많은 일은 결국 오해와 배반으로 남는다.

○
춤추는 껍질

가끔 내 안이 텅 빈 듯할 때가 있다. 겉으로만 존재하고 속을 다 잃은 기분. 아니, 애초부터 속이란 게 있었나? 알 수 없다. 아무도 확인할 수 없지만 내가 나를 내 마음대로 없는 것이라고 부르겠다는데 그게 잔인한 일은 아니지 않을까? 틀리는 일은 상관이 없는데. 역시 확신이 부족한 채로 쓰는 글엔 물음표가 많이 달린다. 괜찮다. 지금 나는 춤을 추는 껍질일 뿐이니까. 어떤 경우는 문자보다 몸짓으로 훨씬 더 많은 것이 전달되니까. 자, 춤추는 저를 상상해 보세요.

나는 나의 공허함을 싸고 돈다. 속이 빈 것을 싸매면 부스러지거나 찢길 것이다. 애초에 껍질이 존재하지 않으면 빈속 또한 성립할 수 없다. 따라서 껍질을 없애야 한다. 하지만 그것을 없애려면…… 아무래도 죽어야 한다.

살기 위해 택하는 유쾌함에 대해 생각해 본다. 빈 육신으로 춤추기. 그런 생각을 하면 정확히는 알 수 없는 우스꽝스러움에 기분이 나아진다. 물론 비어있다는 건 비유적인 말일 뿐 나는 신체적으로 가득 차 있다. 나의 심장. 나의 갈비뼈. 나의 근육. 그런 내가 진짜 속이 비어있다면 어떤 모습일지 상상해 본다. 네 살의 내가 그린 달걀 귀신 같은 사람을 떠올린다. 과학은 잘 모르지만 실제로 그렇게 비어있는 무언가가 살아있다면 걸을 때 두둥실거릴 것 같다. 마치 우주로 간 인간처럼 헬륨이 아니라 숨으로 차 어설프게 이리저리 구르는 풍선처럼. 포도나 복숭아의 껍질이 알맹이 없이 춤을 추는 느낌. 그런 굼뜨고 귀여운 움직임을 상상하는 내면의 나는 춤추는 껍질이 되어 공허할 때마다 춤을 춘다.

즐겁다. 나쁠 게 없다. 종종 따뜻한 자몽 에이드 같은 정신으로 사는 나를 욕하고 미워하고 싶어지면 차라리 속이 빈 채로 춤을 추면 된다. 그러면 '춤을 추는 나'가 남겠지. 물리학을 배반하는 움직임을 선보이는 나!

걷다 보면, 그러니까 살아가다 보면, 아니 그러니까 춤을 추다 보면, 납작해진 공허함의 잔재를 보며 희미하게 웃는 날이 결국 올 거라고 착각할 수 있다. 어차피 인생은 나만이 지닌 주기의 반복이고, 이제는 그걸 알고 인정할 때도 되었으니까. 그러니까 나는 나의 비수기에 춤추는 껍질로 산다고 여기는 것이다.

내가 한심하고 멍청해 보인다면 그냥 웃어줘라. 나는 애써 힘을 내어 춤을 추고 있는 것이니까. 관람료를 지불한다면 기쁘게 받겠다.

○
나와 나

누구가는 내가 베일에 싸여있다 말했다. 단번에 이해가 가는 문장은 아니었다. 나 꽤 투명하지 않나? 나 생각보다 나를 잘 숨기나? 누군가는 내가 자신이 아는 사람 중 가장 다양한 세계를 품고 있다고 말했다. 한 번도 실제로 대면한 적 없는 지인의 말은 믿고 싶을 만큼 달았다. 때로는 대면할 일이 없을 때 더 솔직하기도 하니까.

좋아하는 것도 싫어하는 것도 많다. 재밌는 것도 슬픈 것도 많다. 무서워하는 건 더 많지만 그렇다고 해보기를 주저하는 사람은 아니다. 한참 작가 소개에 넣었던 '시와 아이돌을 좋아한다'는 말은 자주 타인에게 흥미 유발 포인트가 되었다. 실제로 그 둘을 다 좋아하는 사람을 심심찮게 봤다. 귀여운 슬리브에 든 포토카드를 어디에든 들고 다니던 시절엔 재밌는 에피소드도 많이 만들었다. 독자를 대면할 일이 있을 때면 좋아하는 아이돌이 누구냐는 질문을 자주 받는데, 기다렸다는 듯 오늘의 물건을 은밀하고 의미심장하게 꺼내는 상인처럼 가방에서 포토카드를 꺼내 꺄르륵거렸다.

간편하게 향유되지 않는 것을 두고 난해하다고 퉁치는 견해들이 마음에 들지 않아 그 둘을 좋아하는 면도 있다. 세계관이 뚜렷한 분야는 삶을 다채롭게 한다. 노력으로 열렬히 좋아하게 되는 일은 광물을 캐는 광부의 마음을 닮았다. 세상을 보는 시선에 반짝이 필터가 씌워지는 느낌은 내게 시와 아이돌을 통해서만 가능하다. 영화는 아리 애스터나 요르고스 란티모스의 작품을 좋아한다. 박찬욱도 좋아한다. 〈미드 소마〉에서 가장 좋아하는 장면은 대니가 통곡하기 시작하자 마을 사람들이 그의 우는 호흡을 따라하며 다같이 동물처럼 울부짖는 장면이다. 감정의 승화가 단박에 이해되는 그 장면이 지나치게 아름다웠다. 사실 이 정도면 이야기하기 징그럽게 뻔한 취향 같은데 가끔 사람들은 이런 걸 흥미로운 시선으로 본다고 생각하니 알다가도 모르겠다. 알다가도 모르는 기분을 가끔을 들추고 싶어 결과가 같은 MBTI 검사를 다시 하거나 사주를 본다. 길거리 사주가 유행했을 시절 어느 사주 선생이 내게 10대 후반에서 20대 초반에 연예인의 운이 있었다고 했다. 하지만 이미 그 운은 지났고 미련을 가지면 망하니까 꿈도 꾸지 말라고 했었다. 학창시절 특별히 소란스러운 사춘기가 없었던 나는 사주 선생이 언급했던 그 시절에 무지막지한

성장통을 앓았는데, 실제로 나는 그때 연예인이 되고 싶어 대치동으로 월 백만 원짜리 토플 학원을 보내던 엄마 몰래 댄스학원과 연습실과 오디션장을 오갔다. 물론 학원도 안 빠지고 다녔다. 나는 겁이 많으니까. 진짜로 데뷔 한 번쯤 했었다면 지금 실버버튼 유튜버 정도는 되지 않았을까? 돌이켜보니 그 사주 선생은 내게 나라의 녹을 먹는 직업이 어울린다고 했기에 용한 사람은 아니었던 것 같다. 실제로 교생 실습을 나갔다가 학교와 학교가 포함하는 모든 것이 너무 싫어서 그 길은 뒤도 안 돌아봤기 때문이다.

작업 중인 카페에 사람이 너무 많아졌다. 그만 출근 준비를 해야지. 학교는 싫었지만 어째서인지 사교육 시설은 버틸 만했던 내가 선택한 일터로. 자아로 버티는 시간의 스위치를 끄고 성실한 노동자의 스위치를 켠다. 거창하게 말하면 거창하게 살 수 있을 것 같기도 하니까.

○

이방인

몸에 타투가 몇 개 있는데, 오른 팔꿈치 위에는 STRANGER 이라고 새겼다. 이방인. 우리는 모두 어느 정도씩은 이방인. 나를 오랫동안 이루고 있는 대명사. 여자의 몸을 가진 이방인. 그런 건 나체가 될 수 없는 기분. 언제나 왼편에 있는 사람의 기분. 실제로 왼손잡이며, 식사도 글씨도 전부 왼쪽으로 한다. 어렸을 때 나를 참 불편하게 했던 사람들의 쉬운 발견. 평생 듣지 않아도 되는 질문을 종종 듣는 일은 언제나 왼편의 일이다.

10대, 동양인, 여자애를 한번에 앓았을 때가 있었다. 차별에도 꺼풀이 있다. 그런데 한 겹씩 드러내며 살펴보아야 하는 것들을 세상은 자주 덩어리로 뭉갠다. 어떤 모호는 전혀 아름답지 않고 오히려 지저분하다. 분명해지려고 붙였던 이름을 떠올려봐. 호명이 어떤 변화를 가져왔는지도. 내게 있었던 여러 가지 일을 자꾸 하나의 일이라고 묶어버리면 나만의 일이 된다. 차별로 일어난 일들이 나만의 일이 되면 '나'들은 살 수가 없다. 혹은 수명이 다할 때까지 고장이 난 채로 버텨야 한다.

이방인 배제하지 않기는 자신을 사랑하라는 말과 언제나 같다. 차별하지 말라는 말은 그렇게나 쉬운데 어떤 게 차별이라고 이야기하는 일은 언제나 어렵다. 사랑을 이야기하기 위해서 사랑을 정의해야 하지만 사랑은 사람마다 다르다는 말로 넘어가려 한다. 아마도 넘어가는 게 더 편한 쪽이 있기 때문이겠지.

왼편의 내가 쉽게 할 수 있는 일은 오른편으로 넘어가는 일이겠지만, 나는 계속 왼편에서 왼편의 일을 말할 것이다. 오른편의 사람들이 왼편의 일을 말할 때까지. 그리고 그 이후에도.

○

소진되지 않을 거야

어렸을 적 미술 시간에 그린 풍경화를 떠올려 보자. 관습적으로 그린 해의 위치는 종이 모퉁이나 3분의 2지점에서 빛나고 있다. 동그랗게 그렸을 수도, 걸치도록 그렸을 수도 있다. 뜨겁게 내리쬐는 햇빛을 어떻게 표현했지? 아마 곡선으로 해의 몸을 마감한 후 직선이나 물결로 강렬함을 더했을 것이다. 내리쬐는 해라고 하면 여름의 해가 곧장 떠오른다. 나의 그림자가 뭉떵해지는 머리 위 한낮의 해. 정수리 위에서 달걀프라이도 해낼 수 있을 것 같은 한여름의 해.

태어난 연도의 달력을 검색해 보니 나는 입추 조금 지나 태어났다. 가을의 대명사는 선선한 바람과 높은 하늘이지만, 그 초입은 우리가 무심코 떠올리는 가을보다 훨씬 덥다. 나는 사주의 오행 중 불이 가장 센 사주를 가지고 태어났는데, 그래서 불 중에서도 가을 태양이라고 한다. 마음에 든다. 나를 가을의 태양이라고 하는 게 좋다. 사전을 찾아보면 해는 태양을 이르는 일상적인 말이고 태양은 태양계의 중심이 되는 항성이라고 나온다. 어떤 압도적 기운을 타고 난 것처럼 느껴지는 것이 굴곡 많은 서사 속 비범한 주인공이 되는 기분이다. 대부분의 삶은 스스로에게는 지루할 만큼 평범하기에 이런 나의 생년월일에 관한 해석은 기이한 자신감과 용맹함을 불어넣어 준다. '나 어쩌면 좀 대단한 일을 해낼지도?'라며 품게 되는 약간의 기대.

　대부분의 기존 학문이 그렇듯 마찬가지로 가부장적이라 애석하고 납작하게도 난 그냥 팔자 센 사주를 가진 여자다. 일찍 결혼하면 나중에 한 번 더 간다고 하고, 남자 만나기에 너무 세다고 하고. 혼자 만족하며 잘 살 팔자라고 해주면 얼마나 좋아. 반쪽과 다른 반쪽이 만나 하나가 되는 것이 기본값인 이 세계에서 나는 하나 같은 둘을 이루기 위해 자신을 좀 약하게 해야 하는 팔자인 것이다. 이런 해석 때문에라도 나는 내가 대지 위 모든 곡식을 거둘 가장 뜨겁고 강렬한 태양인 게 좋다.

　미물이 아닌 자연. 이카로스의 날개를 태워버린 나의 집은 어쩌면 우주에 있는지도.

○
잘 지내?

인삿말로 건네는 흔한 물음에 나는 자주 멈칫한다. 잘 지내는 것이 무엇인지 자주 생각하는 사람은 이런 식으로 서툴다. 잘 지내는 일은 참 어려운 일이라는 생각. 상대방의 가볍고 다정한 인사를 그대로 받아들이지 못하고 주변을 서성이며 나의 안녕관을 되짚는 성미는 사실 꽤 볼품 없다는 걸 안다. 그러나 이 무겁고 고집스러운 마음이 좀처럼 해결되지 못하는 것 역시 내게 주어진 과업이라 아무렇지 않게 잘 지낸다고 대답하더라도 인사와 답변 사이의 짧은 정적은 어쩔 수가 없다.

잘 지낸다는 것은 많은 일을 포함한다. 우선, 먹고 자고 씻고 일하는 기본적인 생활이 있다. 건강하고 깨끗한 음식을 먹고, 습관적인 과식이나 폭식을 하지 않는 것은 나이가 들수록 중요하다고 몸으로 느끼는 부분이다. 잘 먹었다고 느끼는 식사는 적당한 채소를 곁들인 식물 위주의 식단을 했을 때다. 오늘은 이른 점심으로 밥 3분의 1 공기에 간을 하지 않은 두부

부침과 생오이, 고추 장아찌, 얼갈이 된장 무침을 먹었다. 저녁은 일정상 간편식을 먹을 테니 오늘의 잘 지냄 약간을 벌써 해낸 기분이다.

자고 씻는 문제는 늘 가장 어렵게 느껴진다. 집안 자체가 잠이 없고 숙면을 취하지 못하는 유전자가 있는 듯한데, 약으로 어느 정도 해결할 수 있는 부분이라 다행이기도 하지만 문제는 다음날의 오버슬립을 걱정하느라 약을 선뜻 먹지 않는다는 점이다. 쌓여 있는 트라조돈은 부적이 되어버린 지 오래다. 씻는 것 또한 어마어마한 노동이다. 이거야말로 생각을 거치지 않고 바로 행동할 수 있도록 올바른 습관이 들어야 하는 일이기에 눈을 뜨자마자 깨끗이 씻은 날엔 스스로를 아주 많이 칭찬해 준다. 내가 나에게 칭찬하는 거의 유일한 경우다.

짧은 머리를 몇 년째 유지하는 것도 잘 지냄에서 잘 자는 범주를 지키기 위해서다. 가끔 헤어 드라이기를 들고 있는 것조차 힘이 든다고 생각이 드는 날엔 걷잡을 수 없이 무기력해지기 때문이다. 일하는 것은…… 그래도 매일 90점 정도는 되는 것 같다. 마이너스 통장과 대출 이자를 떠올리면 어떻게든 몸이 구른다. 돈은 역시나 현대인을 필요 이상으로 일하게 하는 무서운 장치라는 생각이 든다. 자본주의 철폐를 위하여…… 위하여……

　꾸준한 운동, 즐거운 취미 생활, 낭비되지 않는 시간, 불화 없는 관계, 죄책감이 들지 않을 만큼의 유희. 잘 지내는 일은 복잡한 일이다. 무엇보다 잘 지내지 않는다는 증거는 잘 지내냐는 한 마디에 이 모든 생각을 한다는 점이다. 내가 누군가에게 '잘 지내시죠?'라고 물었던 순간을 기억해 보면 그 인사에는 바람이 담겨 있었다. 상대방의 안위가 평안으로 차 있길 바라는 마음. 그 마음이 반드시 화답을 받아야 할 이유는 없지만 못 지냄의 전말을 공유하고 싶은 마음이 아니라면 그 누구도 '아뇨. 못 지냅니다.'라고 대답할 리가 없다. 마치 일상적 소통이 거의 불가능한 사람처럼. 아무리 못 지내는 마음이 사실이어도 반사적으로 그 마음을 입 밖으로 꺼내는 짓은 하지 않는다. 정말 다행이다. 하지만 그런 시간이 쌓여 지어진 나는 어딘가 거짓 같다.

　잘 지내고 싶다, 진심을 다해. 솔직하게 말했을 때 마음의 걸림이 없는 때가 올까? 나는 기쁘고 산뜻하게 잘 지낸다고 말하는 어여쁜 얼굴을 가질 수 있을까? 나는 매일 조금씩 기대하고 기다린다. '그럼!'이라고 멈칫거림 없이 웃으며 대답할 날을. 그런 마음을 아주 오래 전부터 기다리는 중이다.

선명하고 자유롭게

죽어가는 나를 열렬히 죽이려고 했다. 혹은 그 반대. 죽어가는 나를 죽이려는 내가 무서워 창문을 잠그고 커튼을 치고 집게로 집었다. 방문도 잠그고 그 앞에 바퀴 없는 무거운 의자를 옮겨놓고, 의자 위에 책을 쌓아두고, 침대에 누워 머리 끝까지 이불을 덮었다. 마치 이 방에서 나가면 죽을 사람처럼. 혹은 나를 죽이고 싶은 누군가가 나를 가둔 것처럼. 이렇게도 저렇게도 보이지만 어쨌든 살고 싶어서 죽을 사람처럼 지냈다는 점에서 나를 실컷 비웃어도 좋다.

그런 내가 언제부터 덜 죽으려고 하기 시작했지? 아마도 첫 책을 내고 나서부터다. 아마 내 이야기가 불특정 다수에게 도달할 수 있다는 확신 이후의 삶. 한 사람이 글을 쓰는 이유엔 여러 가지가 있겠지만, 죽고 싶던 사람이 살기로 하는 이유에도 여러 가지가 있겠지만, 내 경우 그 두 이유가 상호작용한다. 그래서 둘 다 버릴 수가 없다. 쓰고 싶다는 욕망과 죽고 싶다는 욕구, 둘 다 내게 있어야만 이 톱니바퀴는 작동한다. 그러니까 나는 완전한 행복보다 분명한 욕구를 파고들어야 더욱 잘 굴러갈 수 있는 사람이라고.

눈을 가만히 마주치고 오랫동안 눈빛으로만 이야기를 나누면 어느 순간 눈물이 쏟아진다. 왈칵. 입술이 'ㅡ' 모양으로 눕는다. 주변 온도가 조금 올라가는 느낌. 그런 공명의 순간을 자주 원한다. 나는 눈과 눈물로 어쩌면 더 많은 말을 하는 사람이라서. 당신에게 나의 타고난 불행을 함께 해달라고 부탁하기엔 그마저도 미적지근해서. 그렇게 함께 흐느끼면 살아있음이 피부로 느껴지는 것 같아서. 그러면 오늘도 죽음이 나를 잘 지나가는 것 같아서. 지나치게 살아있는 듯한 일면은 포기하기로 한다.

지면 위의 글을 통하면 시간차 덕분에 그 지나치게 살아있는 듯함이 극복된다. 눈을 마주칠 수 있는 상대를 욕망하기보다 보이고 싶은 심연을 글로 차려두고 그것을 읽어줄 사람을 기다리거나 기다리지 않는다. 나의 우울과 불행과 간헐적이지만 분명히 지속되는 낙관은 철저히 읽는 사람에 따라 서사가 몰아치는 120분짜리 영화처럼 전달되기도, 비 온 뒤 벚꽃잎처럼 가볍게 쓸려 내려가기도 한다. 내 방이 따뜻하다는 사람에게 '아뇨, 이 방은 춥습니다.'라며 히터를 더 세게 틀 필요가 없다. 자기변명에 대한 상쾌한 포기는 분명 글을 쓰고 책을 만들며 가능해졌다.

　나의 죽음이 죽었다. 나의 방이 어떤 이에겐 호기심, 또 다른 이에겐 슬픔, 혹은 공감이나 위로, 아주 드물게 유머로 도달할 수도 있겠다. 나의 의도와 아주 상관 없는 것은 아니겠으나 타인을 통과한 나의 이야기는 얼마든지 무엇이든 될 수 있다. 그것에 권리를 가지는 존재는 없다. 이 자유로 인해 나의 지저분하고 거뭇거뭇한 흔적들이 날아간다. 자유가 된 나의 죽음 욕망. 오히려 그때부터 나는 그 어떤 이야기도 할 수 있는 사람이 되었는지도 모른다.

시 쓰는 마음

내게 시는 처음으로 어려운 이야기를 토로한 창구였다. 이곳이 비유가 없는 세상이었다면 나는 보다 손쉽게 나의 영원을 스스로 종결시켰을지도 모른다.

교내외 대회에서는 밝고 예찬적인 시를 썼다. 그래놓고 나만 보는 교과서 학습 활동에는 지하로 하염없이 꺼지는 듯 우울하고 외로운 화자로 시를 썼다. 세상에 홀로 있는 모든 것은 나를 비유할 수 있는 보조관념이 되었다. 설명하고 보니 나는 좀 일찍부터 징그러워진 면이 있었다는 걸 부정할 수 없다. 내게 솔직하기란 내내 미룬 방학 숙제 같은 것인데, 대체 언제부터 혹은 왜 그랬는지에 관해서는 별로 궁금해하고 싶지 않다. 궁금한 것이 나의 진심이더라도 나는 관성대로 결코 솔직하게 굴지 않을 테다.

지나간 어떤 진실은 그리 과중한 의미를 갖지 않는다. 일단 과거로 돌아갈 수가 없고, 돌아간다고 해도 아마 나는 크

게 다른 선택을 할 수 없을 것이다. 그럼에도 만일 내 인생에 회귀가 일어난다면…… 나는 고민 없이 죽을 것이므로 그냥 앞으로에 대해서만 이야기하고 싶다.

시를 대하는 마음은 그런 것이다. 가까운 미래를 대하는 마음. 일어난 일은 일어난 일로 두되 앞으로 또 어떤 일이 일어난다면 그 일어난 일에 대해서만큼은 반드시 솔직하고 싶은 마음.

한때 시에는 좋은 겉치레가 필요하다고 믿었다. 체형 보정을 완벽하게 해낸 오오티디나 오차 없이 펜 조각보처럼. 완성을 위한 완성 뒤에 진짜 하고 싶은 말을 줄세웠다. 들킬까 두려운 마음은 하나도 없었지만, 잘 쓴 시처럼 보이는 것이 나의 사건과 나의 입장을 비트는 방법이라고 생각했다. 나는 이런 이야기도 퍽 세련되게 쓸 수 있다는…… 객기라면 객기인. 합평 중 나의 어설픈 방어기제를 정확하게 파고드는 피드백을 얻으면 정가운데에 다트핀이 꽂힌 과녁이 되었다. 대부분 표현만으로 해결되지 않는 지점에 대한 지적. 너무 많이 숨긴 것 같다는 말을 들으면, 그게 정확히 무엇인지 맞추는 것보다 더 부끄러워졌다. 이번 판은 끝났구나. 나는 오늘도 발가벗겨졌구나.

형식이 아무리 잘 짜여져도 진실을 포장할 순 없다. 지저분한 걸 어여쁘다고 우길 수는 없는 노릇이다. 어떤 것의 아름다움을 발견하는 것, 어떤 것을 아름답게 보이게 하는 것, 아름다운 척만 하는 것, 전부 다른 말이다. 그러니까 나의 수치와 울분을 예쁘게 포장한 시는 결국 들키고 마는 시인 것이다. 들키는 시를 쓰고 싶어서 시를 쓰기 시작한 게 아닌데. 나는 읽히고 싶었던 건데. 나를 잘 읽어줬으면 하는 마음인 건데. 그러면 형식을 조금 내려놔야겠지. 진짜 하고 싶은 말을 해야겠지. 죽어버리고 싶다고, 죽여버리고 싶다고, 그냥 말해야지. 현실에선 의사를 찾아가지만 시에선 그러지 말아야지. 현실에선 약을 먹지만 시에선 그러지 말아야지. 현실에선 사랑받고 싶어서 사랑하더라도 시에선 사랑을 해야지. 진짜 내가 믿는 나의 사랑을.

시간이 쌓일수록 익숙함의 관성은 세지고 내 안의 나는 작아지지만, 그래서 간편한 방법 뒤로 두려움을 숨길 수밖에 없지만, 만약 그 선택이 아니라 다른 선택으로 미뤄온 방학 숙제를 해결할 수 있다면? 나는 기꺼이 솔직해지고 싶다. 다른 그 누구에게도 아닌 나 자신에게. 나는 사실 나를 증오하지 않는다고. 나를 너무나 아끼고 사랑한다고. 그 어떤 누군가도 해주지 않아도 나는 나에게 사랑만 줄 수 있다고. 이전부터 그래왔고 앞으로도 그럴 것이라고. 망가진 건 어떤 일이지 내가 아니라는 그런 말을 해줘야지, 내게.

　비워지고 싶다. 우스운 공허가 아니라 충만하게 느껴지는 울림이고 싶다. 큰 울림이 되려면 많이 비워야 한다. 아직도 완전히 보내지 못한 사람, 사건, 사랑을 비우고 이후에 남아 내가 된 것들에 대해 이야기하고 싶다. 언젠가 즐기게 될지도 모를 수치를 기다리며.

○
시간이 약이라는 거짓말

오랫동안 쓰인 뻔한 말은 생각보다 틀릴 때가 있다. 그 중 시간이 약이라는 말이 그러하다. 좀처럼 회복되지 않는 마음의 일에 우리는 '시간이 약이야.'라고 위로를 건넨다. 하지만 시간이 정말 약이라면, 어째서 나는 여전히 공포와 수치심과 괴로움을 느끼는지, 어째서 내게 일어났던 일엔 처방이 안되는지 묻고 싶다. 그보다 더 나중에 일어났음에도 기억이 잘나지 않는 일들도 많은데. 선택적 처방. 선택적 효과. 어떤 일만큼은 어째서 그 약이 처방되지 않는 걸까? 혹은 처방했지만효과까지 더 오래 걸리는 일일까?

마음이 울렁거리거나 초조해질 때마다 끄적였다. 아파트뒤 정자나 주차장의 차 안에 앉아 멍을 때리며 눈물이 나면흘려 보냈다. 내게 심어진 듯한 관성적 태도로부터 빠져나오기 위해 애썼다. 애만 썼다.

잘못하지 않았어. 불쌍하지 않아. 버려진 게 아니야. 우리 중 그 누구도 신이 아니야. 상황과 마음을 관장할 수 없어. 그게 사실이야. 뜻대로 되지 않는 게 세상에 더 많아. 실은 알고 있잖아.

괜찮아 보이기 위해 노력하니 진짜로 괜찮아진 것도 같다. 사회적 흉내의 측면에서 괜찮다. 마음은 여전히 너저분하다. 어차피 생활을 찾아가는데 더 중요한 건 생각보다 행동이다. 생각도 머지않아 선명해졌다. 내 잘못뿐인 일은 없고 버려진 것이 사실이래도 내가 버려질 만한 일을 벌이지 않은 것 또한 사실인 점. 내가 더 진심으로 원해서 버리지 않았을 뿐.

시간이 약이라는 말이 언제나 통하지 않길 바란다. 시간이 약이기까지 하면 내가 원하는 대로 굴릴 수 있는 게 단 하나도 없는 것처럼 느껴지니까. 시간이 지나면 다 사라지나, 정말? 내 마음도 자취를 감추나? 시간만 지나면? 내가 정말 그런 걸 원하나? 시간이 약이라면 나는 허탈해진다. 내 손으로, 내 마음으로, 내 정신으로 괜찮아지고 싶다. 흘러가는 시간에 나의 고통과 믿음까지 맡긴 채 원하지 않는 정도와 속도로 그것들을 흘려보내고 싶었던 적은 없다.

약은 시간이 아니라 나 자신이길 바란다. 내가 보낸 시간의 흐름대로 약이 효능을 발휘하기에 사람들은 그 과정을 '시간이 약'이라고 말했는지도 모른다. 아무 선택도 하지 않고 보낸 시간은 미래로 흐르지 않는다.

지나가는 여름의 장면들. 이제야 나는 확실히 안다. 어떤 일의 해결은 꼭 그것의 종결인 것만은 아님을. 어떤 종결이 늘 최종이라고 단언하지 않아도 됨을.

○
빈집 지키기

내겐 절대 사라지면 안되는 집이 있다. 처음부터 없었더라면 나는 지금의 나와 다른 어른으로 자랐겠지만, 그리고 그랬다면 좋았겠지만, 한 번 존재했기에 영원히 존재해야 하는 그런 집이 있다.

가까운 사람들의 기억과 그 기억에 따른 감정이 다르게 남는 게 싫었다. 알고 인정하는 것과는 다른 문제. 나와 그들이 다르게 기억하는 듯한 뉘앙스는 늘 두렵다. 만일 내가 오답자라면 나는 천벌을 받아 마땅할 테니까. 세상 모든 못돼먹음을 죄다 부여받아 태어난 사람이 바로 나일 테니까. 증오의 정당성을 위해 조작해낸 기억이라면 나는 어떤 벌을 받게 될까. 혹시 이미 벌을 받고 있는 중인 걸까. 여러 번 의심하긴 했지만 내 삶은 정말 벌일까. 그렇다면 그럴수록 나는 나의 기억을 지켜야 한다. 나를 지키기 위해 증오와 그 증오의 발원지를 지켜야 한다. 그래서 나는 아무리 힘들고 괴롭다고 해도 아프지 않은 사람이 되고 싶진 않은 것 아닐까? 계속 나의 일부 어딘가는 아픔에 잠겨 있어야 한다. 모두가 떠난 텅 빈 집에서 끊어진 목줄에도 덩그러니 혼자 집을 지키는 개처럼.

휴지로 눈가를 꾹꾹 누르며 말했다.

"선생님. 저는 어쩌면 아프고 싶은 건지도 모르겠어요."
"이제 그만 나오세요. 그 집에서 그만 나와요. 그 집 지키지 않아도 돼요."

선생님 정말로 제가 여기서 나가도 그 일은 사라지지 않나요? 정말 제가 기억하지 않아도 없던 일이 되는 건 아닌 게 맞나요? 저는 믿을 수 없어요. 이미 사람들 기억 속에서 사건은 변색되고 미화되어 달라져 있어요. 그들은 저와 다른 선택을 해요. 다른 마음을 가져요. 저는 제가 너무 이상한데, 이 모든 현상이 일그러진 장면 같은데, 그런 제가 집을 나가기까지 할 수 있어요? 집을 비울 수 있을까요, 제가?

살고 싶어 하는 사람은 어딘가 징그럽게 느껴진다. 사춘기를 멸칭으로 쓸 때 그 말을 듣는 사람의 기분이 된다. 하지만 나는 여전히 아득바득 살고 있다. 살고 싶어 하는 사람은 싫지만 삶을 사랑하는 사람은 되고 싶어서인지도 모르겠다. 상담사에게 했던 이야기를 타인에게도 똑같이 할 순 없지만 종종 들어주는 사람이 있으면 좋겠다. 내가 그런 이야기를 할 때 그 사람 눈에 내가 어떻게 비치는지 문득 궁금하다. 흉하고 볼썽사납지 않았으면 좋겠다. 그리고 자신과 닮은 구석을 발견해주면 좋겠다. 또, 그 닮은 구석을 미워하지 않았으면 좋겠다고 욕심부려 본다.

2부

우리는 어째서 이토록 무용할까

○
새로운 구축

몰랐던 사실을 알게 된다고 다 성장하는 것은 아니다. 아는 것만으로 달라질 세계였다면 이렇게 지지부진하지 않을 것이다. 나는 훨씬 더 빨리 어른이 되었겠지. 여전히 분투하고 있는 걸 보면 아직 늙고 닳지 않았나 봐. 다행이다.

반드시 통과해야 한다. 뚫고 지나가야 한다. 새로운 구축은 그 이후에 온다.

인테리어 interior

내가 말했다. 사는 게 참 고독하다고. 친구는 왜 이렇게 슬프냐고 탄식했다. 둘이서 나누었지만 고독이나 슬픔은 절반이 되지 않았다. 친구도 나도 기대하지 않았기에 실망의 자리 역시 없었다. 고독하고 슬픈 사람이 둘이 되었다. 무게를 나누어 가져도 이전보다 가벼워지는 일은 아니지만 그날 전화를 끊고 금방 잠에 들었다. '자라.' 문자 그대로의 인사말이었는데 그날은 이상하게 그게 묵직한 솜이불 같았다. 가끔은 간편한 결말이 최선이다.

어떤 사람들의 싫은 점으로 이어 말하기 대회를 열고 싶어지는 날이 있다. 우열을 가리기 힘들 것이다. 내가 뭔데 이런 걸 하냐고? 내가 나라서 할 수 있는 일이다. 상대성 원리에 의해 타인에게는 아무런 설득력을 발휘하지 못하기 때문이다. 나에게 일어난 일은 결단코 나에게만 일어난 일이기에.

자신을 지키는 방식은 사람마다 다르고 나는 때로 위악으로 스스로를 지킨다. 나의 이런 못난 행태는 아무래도 상관없다. 어차피 내가 날 제일 싫어하니까.° 세상에 나보다 나쁜 것이 있으면 안 된다. 내가 나를 나쁘게 여기는 방식이 이따금 나를 살리는데, 당신이라고 내게 뭐라 할 자격은 없다.

나는 인간을 싫어하지만 사람은 좋아한다.
이게 얼마나 슬픈 말인지 이해된다면 유감이다.

내게 인간이 본질에 가까운 말이라면 사람은 현상을 닮은 말이다. 그래서 사람은 좋다. 변할 수 있고 나아갈 수 있고 흐를 수 있고 반짝일 수 있고 흔들릴 수 있고 뒤돌아 볼 수 있다. 날씨이고 행진이고 눈물이고 주사위고 배웅이다. 그런 것에 고집이나 자기애 따위의 인간스러움이 끼어들 틈은 없다. 그런 의미에서 자책이 습관인 사람에게 그러지 않아도 된다고 했던 건 내가 베풀 수 있는 인정머리였다. 타인에게 귀책 사유를 넘기는 권한을 부여한다는 의미는 아니었다. 당연히 내게 그럴 권리는 없다. 존재 간의 상호작용이 내게 짐짝처럼 남았다. 치우는 일이 내 몫인 게 억울해서 대자보라도 붙이고 싶지만 역시나 나에게 일어난 일은 나에게만 일어난 일이다. 자책을 권투 글러브처럼 쓰는 사람도 있다는 걸 알았더라면

° 이영지 〈HUG〉 가사 일부.

그런 말은 결코 하지 않았을 것이다.

　며칠 전 화분 두 개를 정리했다. 하나는 과습으로 흙바닥에 드러누웠고, 다른 하나는 물부족으로 대부분 이파리를 떨궜다. 열심히 돌본 날도 있었고 의도적으로 무관심했던 날도 있었다. 사람 사이는 식물처럼 대해야 오래간다는 비유가 떠올랐다.

○
관계병자의 마음

친해진다는 것은 생각보다 관계의 질적인 면뿐만 아니라 함께 보낼 수 있는 시간의 양과 빈도에 상당히 의존한다. 눈을 맞추고 살을 붙일 기회가 잦으면 희한하게 없던 정이 생기고 그게 나를 아주 깊은 함정에 빠트린다. 어떤 사람들과는 하나하나 따져보면 이만큼이나 친밀해진 게 신기할 따름인데 오히려 그래서인지 막상 멀어지게 되니 극한의 공포를 통과해야 하는 지경이다. 그럴 때 나는 절망하고 또 절망한다. 보답을 바라고 준 마음이 결코 아닌데도 도무지 후련하게 떼어낼 수가 없다. 비닐에 붙은 택배 송장 스티커처럼 끈적이는 미련이 늘어난다. 제발 내게 상처주지 않기를 바라면서 살얼음판 걷기를 자처한다. 이 모든 것은 맹세다. 내가 관계를 두고 진심이 아니었던 적 없다는.

무엇이든 처음이 얼마나 중요한 경험인지 새삼 깨닫는다. 이미 수십 번, 수백 번 깨달았음에도 매번 그것은 내 머리를 내려치는 방식으로 떠오른다. 내게 죄책감은 몇십 년째 반복적으로 찾아오는 편두통처럼 존재한다. 다루기 어려운 감정이나 마주하기 불편한 분위기가 조성되었을 때 그 이유가 자신일까 봐 전전긍긍하는 일. 어떻게든 해결하고자 이미 엎질러진 물을 맨손으로 줍고 줍다 더 엉망진창이 된 식탁 위를 망연자실한 얼굴로 바라보게 되는 일. 하지만 냉정해져야 한다. 자책으로 스스로를 갉아먹지 않기 위해서. 진짜 그 물을 내가 엎지른 것인지 똑바로 판단해야 한다. 상대가 내 팔을 쳤을 수도 있고 나를 놀라게 했을 수도 있다. 과거의 사나운 경험에서 벗어나지 못한 채 비슷한 감정이 촉발되는 모든 사건을 같은 방식으로 처리하는 이 유해한 습관으로부터 도망쳐야 한다.

불행이 습관이 되는 일이야말로 어쩌면 가장 불행한 일이겠다. 익숙해진 불행. 편해진 불행. 불행을 불행이라고 감지하지 못하는 불행. 불행이 어떻게 불행하지 않은 일을 불러올 수 있겠어. 더 불행하거나 덜 불행한 것의 차이겠지. 내가 앞으로 어떻게 해야 하냐고, 그 누구도 아닌 나에게 묻기를 잊어선 안 된다.

이채롭지 않은 시간

일에 집중하는 시간을 제외하면 하루 종일 머릿속으로 글을 쓰며 지낸다. 문장이 떠오르면 이어보기도 하고 단어나 어구를 재조립해보기도 한다. 잊어버리면 아쉬울 것 같은 문장들은 그때그때 나와의 채팅방에 써둔다. 하지만 그것만으로 부족하다. 알고 있다. 빈 화면 앞에서라면 좌절이 어김없이 찾아올 것을. 휘발된 문장들은 그럴 만했을 거라고 생각하며 떠나보낸다. 내게 살점 같은 문장이었다면 언제고 다시 돌아올 테니. 그렇게 제때 쓰지 못한 문장들이 모여 유효해지는 날이 오면 새로운 책 한 권이 나올지도 모르겠다. 그럼에도 생활 방식과 성향에 맞는 기록 방법을 하나 만들어야겠다고 생각은 한다.

메모는 영 소질이 없다. 매번 같은 노트와 펜을 늘 지니고 있는 게 어떤 이유인지는 모르겠지만 내겐 어렵다. 이번엔 반드시 기록하고야 말겠다고 선언하며 임명한 얇은 노트 몇 권이 생활 반경 곳곳에 포진해 있다. 정리를 미룬 책상이나 한

동안 들지 않은 가방에서, 날 잡고 정리할 때마다 두세 권씩 등장한다. 물론 놀라지도 실망하지도 않는다. 내가 죽은 후에 어디선가 숨기고 싶었던 노트가 발견될까 두려울 뿐. 메모나 아카이빙에 무능한 탓인지 작업에 착수할 때의 나는 아무것도 쥔 게 없는 기분이 된다. 사막 한가운데의 기분. 그럴 때마다 어딘가에서 보고 출처를 잊은 자신이 알고 있는 가장 진실한 문장에서 시작하라는 말을 떠올린다. 다져놓은 땅이나 세워둔 철근은 없지만 분명 자재가 될 만한 것이 내 안에 있을 테니 그것을 믿는 마음으로.

내가 쓴 글은 나의 역사다. 내가 쓴 것이 나의 역사가 된다는 말이 아니라 글에는 그동안의 삶이 쓰일 수밖에 없다는 의미다. 지난하지 않을 수 없는 쓰기의 시간. 그러니 오롯이 마주해야 한다. 자신에 대한 곡해와 오판으로 쓰는 글은 나의 역사에 대한 왜곡에 지나지 않는다. 그렇다면 나를 보는 주체로 오직 나만을 두어서는 안 된다. 작가의 쓰기가 결코 혼자만의 작업이 될 수 없는 이유. 삶을 살지 않으면 존재할 수 없는 쓰기. 도취된 채로 도취만 남기는 글을 경계하는 이유. 그런 글이 스스로에게는 솔직하다 여겨질지 모르지만 진실과는 필히 멀 것이다.

비비언 고닉이 논픽션 작가에 관해 말했다. 작가가 움직임을 만들어내고 역동성을 얻기 위해 찾고 구해야 할 것은 자기 안의 타자라고. 여기서 필요한 요소는 적나라한 자기 폭로라고.° 내 안의 타자와 협업하지 않은 자기 고백은 전혀 이채롭지 않은 화자다. 그런 것을 그만 읽고, 이제 쓰고 싶다. 이채롭지 않은 빈 화면 앞의 시간으로 낳은 것이 나의 복사본이지 않길 바란다. 나에 관해 말하는 화자는 나와 일대일 대응하지 않길 바란다. 그 사이 내 안의 수많은 타자가 개입해 나에 대해 원초적이거나 구체적으로 까발리기를 바란다. 에피소드가 부끄러울지언정 진실 앞에서 부끄럽고 싶지 않기에 그렇다. 이채롭지 않은 시간 이후 비로소 또 다른 나인 나. 어차피 당신은 내가 글로 재생산한 수많은 나들을 그 글을 통해서가 아니라면 결코 만날 수 없다.

° 비비언 고닉. 『상황과 이야기』, 이영아 옮김, 마농지, 2023.

○

어떤 일은 그냥 일어나기도 하지°

선택할 수 없는 일이 그럴 수 있는 일보다 훨씬 더 많은 세상에서 선택하지 못함을 괴로워하는 일은 얼마나 무용한지.

어느 날 시 모임 준비를 위해 읽던 시집의 한 시가 큰 위안을 주었다. 그리고 그 위안을 나누고 싶은 사람이 있었다. 어떤 분투 끝에 내가 나를 무용하다 여길 때의 괴로움. 그 괴로움을 부단히 통과하며 우리는 이전보다 조금 어른이 되곤 하는데, 종종 서툴고 미숙한 우리는 괴로움의 화살을 주변에 잘못 겨눌 때가 있다. 튕겨 나와 발밑에 떨어진 화살을 보며 본질적으로 나로 인한 괴로움인 것을 타자로 인한 괴로움이라 착각하며 또는 착각을 스스로에게 종용하며 책임을 전가한다. 선택할 수 없는 일은 그저 그런 일이라 두면 좋을 텐데. 자신을 미워하지 않기 위해 남을 미워하는 일은 얼마나 비겁하고 옹졸해지는 일인가. 그렇다고 남을 미워하지 않기 위해 자신을 미워할 필요 또한 없다는 사실은 이미 숱하게 이야기되어

° 박상수, 「어떤 일은 그냥 일어나기도 하지」, 『너를 혼잣말로 두지 않을게』, 현대문학, 2022.

온 바이다.

어쩔 수 없다는 그 한마디가 그토록 어려운 사람이 혼자 보내는 시간에 대해 상상해 본다. 이내 눈물로 만든 갑옷을 입은 느낌이 든다. 도움이 되고 싶은 마음은 아무래도 오만이었을까? 받아들여질 수 없음을 느꼈을 때 나는 사뿐히 물러서야 했을까? 우리는 어째서 자신에게도 서로에게도 이토록 무용할까. 스스로에게 위로가 되어주지 못하는 사람은 결코 타인에게도 진심어린 위로가 되어주지 못한다는 슬프지만 당연한 사실까지 한꺼번에 밀려온다. 나는 위안이 되고 싶어서 계속 괜찮다고 말했어요. 비록 너무 많은 번역이 필요해 전달되지 못한 말로 사라졌지만. 나는 정말 괜찮았거나 괜찮지 않았어도 괜찮았다. 그런 게 세상의 넘치는 어쩔 수 없는 일들을 어쩔 줄 몰라하는 사람에게 해줄 수 있는 나의 최선이었다.

정말이지 어떤 일은 그냥 일어나기도 하고, 실은 그런 일들이 세상을 자주 물들이는데. 사고를 사건이라고 잘못 부르는 순간부터 우리는 인과관계를 지어내고, 지어낸 것들이 우리를 지켜줄 거라고 믿는 동안 진실이 아닌 것들은 조금씩 아래부터 무너진다. 우리는 위태로운 지반 위에서 서로의 얼굴을 보고 어리둥절하다고 여긴다.

일어난 일은 일어난 일. 그것은 극복에 관한 마음. 아무도 해치지 않겠다는 문장의 아무에는 나 자신 또한 포함이어야 한다. 나는 이곳을 떠나지 않고 기억할 것이다.

○
찢잎

  도무지 글을 쓸 수 없는 상태. 상상력이 고갈된 상태. 내가 나를 둘러싼 세계를 온통 혐오하고 있는 상태. 성장 불가능의 상태.

  괴로움과 우울이 치닫는 상태는 익숙하던 주변이 다르게 보이는 비일상의 노크가 잦다는 매력이 있지만, 수집된 영감이 전부 작품이 되지는 않는다. 씨앗만 가지고는 식물을 기를 수 없으니까. 화분, 흙, 물, 해, 잎의 관리. 이 모든 과정은 피폐하기만 한 상태로는 전혀 잘할 수 없다.

  어떤 배신 이후 도무지 회복이 되질 않고 오히려 그것이 점점 영역을 넓히는 중이다. 곰팡이처럼. 나의 불찰일까 안일함일까 수차례 고민한다. 하지만 아무래도 명백한 배신이다. 그렇다고 배신당한 사람이 되고 싶지 않아 마치 일어난 일을 전부 내 탓인 것처럼 받아들일 수 없다. 언제까지고 그렇게 둘 수 없다. 인정해야 한다. 나는 최선을 다했지만 일어날 일은 일어난다. 아무리 습도를 조절하고 흙을 관리해도 피어날 곰팡이는 핀다.

협소해진 마음을 잘 들여다 보려고 한다. 배신을 인정하면 불행을 빌고 싶어지는 뻔한 상태를. 그래서 이따금 운에게 그 몫을 넘긴다. 괜찮아. 그럴 수도 있어. 운이 좋지 않았어. 그만 책망하고 식물을 위한 좀 더 좋은 환경을 만들어 보자. 이곳의 잠재된 구석을 잘 찾아보자. 누군가의 자책하는 모습이 조금도 진실되어 보이지 않던 장면을 잊지 말자. 스스로를 탓하면 스스로를 탓한 일만 남는다. 정작 중요한 건 그 이후 더는 곰팡이가 슬지 않도록 관리하는 일인걸. 자신을 변호하기 위해 하는 자책을 너 말고 누가 알아줘야 하는 일일까?

몬스테라의 찢잎은 생장과 적응의 증거다. 동시에 내가 건강하고 싶은 이유다. 안전한 생활을 이어나가고 싶은 이유. 나의 씨앗을 질 좋은 흙 아래 꼭꼭 묻고, 잊지 않는 마음으로 물을 주고, 해와 바람을 넉넉히 빌리고 싶은 마음. 피폐한 상태로는 아름답고 자연스러운 잎 갈라짐을 볼 수 없을 테니까. 영감만으로는 좋은 글을 완성할 수 없는 것과 마찬가지로 말이다.

○

비워내는 일

선생님이 말씀하셨다.

다시 쓰면 되지 않겠니?
한참 더 많이 쓸 것 아니니?

커서만 깜빡이는 화면을 몇 시간째 보고 있으면 문자 그대로 미쳐버릴 것 같을 때가 온다. 그래서 여백의 미덕을 간과한다. 이제는 처음과 같은 점이 거의 없을 만큼 퇴고된 글을 고치고 또 고친다. 제발. 비워내야 채울 수 있는 거야.

한참을 내가 글을 쓰는 이유가 진실을 잊지 않기 위함이라고 여겼다. 하지만 원고가 쌓이고 쌓일수록 그런 대의는 있었던 적이 없다. 나는 그저 시간을 늘리고 싶었다. 순간을 붙잡고 싶어서 썼다. 찰나로 끝나는 감각의 상실을 지연시키고 싶은 마음으로. 그런 식으로 내가 수명이라고 느끼는 미지를 간직하고 싶었다. 이렇다 보니 비워내기를 잘 선택하는 사람은 자주 선망의 대상이다.

몇 해를 입지 않은 겨울 외투가 여전히 옷장 안에 있다. 십 년도 더 된, 회색 카라에 남색과 짙은 초록색이 섞인 자카드 패턴의 외투는 덜렁이는 단추가 간신히 걸린 채 구실을 못 할 만큼 해졌다. 가끔 옷 정리를 하면 이유 없이 손이 잘 가지 않아 몇 번 입지 않은 옷을 쉽게 옷장에서 내보낸다. 몇 년을 입지 않은 채로 옷장 안을 지키는 것들은 닳을 대로 닳아 입기 어려운 것들이다.

나의 패배는 매번 시간과 정 앞에서 발생한다. 이런 것에도 성격이 드러나는 게 참 징그럽다. 자카드 외투를 떠올리면 정확한 사건이나 장소는 떠오르지 않지만 그 옷을 입고 있는 내 모습이 사진을 보고 있는 듯한 느낌으로 펼쳐진다. 기억과 추억의 차이는 그런 게 아닐까? 옷이 나를 기억하는 기분은 차마 그걸 버릴 수 없게 한다.

한곳에 오래 머물러 본 적 없는 내게 변하지 않는 귀갓길, 계절마다 같은 장소에서 무성해지는 고무나무, 안부 인사를 건넬 수 있는 편의점 주인 같은 것들은 설명할 수 없는 간절함의 발생지다. 그리고 무엇보다 사람. 말 없이도 충분히 통한 순간을 나눈 사람을 삶의 반지름에서 어떻게 없앨 수 있는지 잘 모르겠다. 하지만 삶은 그래야만 하는 때가 기어코 온다는 것 또한 알려주지.

안녕하세요. 오랜만이에요. 물론 당신의 행복을 바라지만 그보다 더 바라는 게 있다면 당신 곁에서 지독하게 외로웠던 저를 기억해 주는 것입니다. 제게 남은 낭만은 없습니다.

말미에 우리는 전부 전하지 못한 말로 남는다는
울창한 슬픔.

몇 개의 단어 혹은 출발한 단상 정도만 간신히 기억나는 예전 시들을 떠올려 본다. 매 구절을 전부 기억하거나 확인할 수 있었다면 다른 문장들을 쓸 수 있었을까? 애쓰지 않아도 흐려지는 기억처럼 쓰는 일도 지우는 일도 좀 더 자유롭기를 소망한다. 비워진 자리가 다시 채워진다면 그것은 결코 전과 같지 않을 것이라는 믿음으로.

○

과거에 두고 잠가버린

한때 내밀한 마음을 털어놓으며 지냈던 친구가 한번은 내 이름이 들어간 시를 써 보여준 적 있다. 찾아보면 어딘가에 분명 파일로 남아있을 텐데 그게 어디인지는 기억나지 않아서 정확한 구절을 불러올 수는 없다.

사실은 핑계다. 보다 정확하게는 그 시를 다시 찾아볼 마음이 들지 않는다. 애정이 덜하고 아니고의 문제는 아니다. 그저 물건 대부분을 대하는 나의 태도다. 어디다 두었는지 기억나지 않고, 딱히 기억하고 싶지 않으며, 찾을 생각도 굳이 하지 않는. 그렇게 방치가 되려 애정인 것들. 그때의 심정을 남겨두기 위한 방법이다. 의도 없이 얼마든지 변해가는 것을 손수 알고 싶지 않은, 그때 특정한 심정을 남긴 것들을 그 상태로 보존하고 싶은 마음. 어딘가로 돌아가는 것보다 마침내 남게 된 것으로 전진하고 싶은 마음. 겁은 많고 회복력은 영 소질 없는 나의 최선.

내가 기억하기로 그 시는 지독한 외로움과 벗어날 수 없는 모순 따위를 어떤 풍경에 빗대어 쓴 시였다. 기분이 묘했다. 내 이름이 들어간 시. 이름에서 그치는 게 아니라 부제가 나에게 보내는 말인 시. 친구의 시는 대부분 좋았다. 지금도 시를 쓰는지는 모른다. 삶은 우리가 시만 쓰다 죽을 수는 있지만 시만 쓰고 살 수는 없다는 걸 알려줬다. 나도 친구도 죽지 않기 위해 삶과 생활 사이에서 균형을 찾느라 애쓰던 시절이 있었다. 몇 년이 지난 지금의 나는 균형을 찾은 것일까? 글 쓰는 일로 생활을 영위할 만큼의 수입을 기대할 수 없으나 여전히 글을 쓰고 생계 유지를 위한 일을 하며 지낸다. 그렇게 먹고 싶은 것을 먹고 입고 싶은 것을 입으며 지낸다. 애초에 그런 목적이었다면 지금의 불행은 설명되지 않는다.

　　균형의 정의에 따라 나는 기만자가 된다. 버리고 싶지 않은 것을 버리지 않기에 성공했지만 도무지 버리고 싶은 것을 버리는 용기는 내지 못한다. 사람이 삶에서 만드는 균형이 양팔저울의 원리가 아니라는 것을 실은 알고 있으니까. 그 친구는 스스로 선택한 줄 위를 무사히 걸어가고 있을까?

살의 낭만

    상대방의 눈을 보면 그 사람의 속마음이 들리는 주인공. 그런 드라마 설정에 관해 이야기하고 있었다. 친구는 좋을 것 같다고 했다. 사랑하는 사람의 속마음을 좀 알면 편하지 않겠냐고 덧붙이면서.

    나에겐 반은 맞고 반은 틀린 말이었다. 알면 편한 것이 있을지도. 아니, 많을지도. 여름에도 뜨거운 커피를 마신다든지 팝콘은 꼭 오리지널이라든지. 그러나 알아서 괴로운 것이 나에겐 파급이 더 세다. 어제의 잘못이 실은 용서받지 못했다면? 한 시간 전보다 지금 덜 사랑받고 있다면? 나를 미워하고 있지만 숨기고 있는 거라면? 알고 보니 나를 견디고 있는 거라면?

    관계의 무게 중심은 미지여야만 한다. 추측과 확신 사이에서 절대 후자로 기울면 안 되는 것이다. 상대방의 마음을 낱낱이 알게 되면 나와 그 사이에는 그 무엇으로도 영원히 무너지지 않을 벽이 생길 테고, 나는 나의 능력으로 세운 그 벽을 후

회할 것이다. 매번 그것을 등반하다 떨어져 타박상과 골절을 안고 살 것이다. 괜히 인간에게 그런 능력이 없는 게 아니다. 벽이 있는 걸 알지만 그 높이나 두께 같은 건 모르는 편이 낫다. 때로는 의식적인 감각보다 초감각적 지각이 현상을 유지한다.

그럼에도 불구하고 우리는 사랑을 두고 자꾸만 알려고 드는 헛된 욕망이 있으므로 생각해 보았다. 상대방 마음의 진실성을 짐작해 볼 수 있는, 정확하진 않더라도 바로미터 역할을 하는 감각이 그래도 있다면. 나의 결론은 살이다. 살갗 위의 촉감으로 느껴지는 마음이 있다. 이것은 에로스적인 것에 관한 이야기를 포함할 수 있지만 절대 그것만의 이야기는 아니다.

네가 나를 어떻게 만졌지? 만질 때 어떤 눈빛을 했지? 우리의 팔뚝 바깥이 우연히 스쳤을 때 어떤 얼굴로 마주 보고 웃었지? 목덜미의 온기나 손가락 마디 사이의 공간, 나의 무릎과 너의 오금이 닿는 각도. 나는 그런 살 위의 찰나에 자주 상대의 속마음을 확신했고 착각했다.

수신자표시제한

접시와 까눌레와 얼그레이를 떠올릴 때마다 과분한 기분이 되었다. 더 이상 사랑받지 못하는 날의 배신감이 곧 배신일 것. 그런 글을 썼었는데, 그럼에도 때가 되면 믿음은 흩어진다. 오버로크가 바깥으로 나오듯 속이 뒤집혔다. 떠올리자. 여름의 산책과 거칠게 다듬어진 풀꽃다발을. 좋은 날이 더 많았지. 편한 차림으로 누워서 핸드폰을 하는 모습과 힘을 다 뺀 손가락의 각도 같은 것이. 좋은 날이 더 많았어. 흥얼거리는 나를 듣기 싫어해도, 해맑은 척하는 나를 미워해도. 좋은 날이 더 많았을까.

기도를 하다보면 믿음이 돼.

새벽의 아케이드, 명동의 라멘, 고블렛 안의 양초, 코코넛 오일, 너의 파운데이션과 골지 원피스. 우리가 누빈 골목의 그림자와 길고양이. 시작한 적이 없으니 끝도 없지. 그게 맞지. 그런데 종종 추억할 때마다 시절이었던 것을 부정할 순 없어서 입꼬리가 내려간다. 우리가 하늘로 뱉은 침은 늘 안전하게 하늘로 올라가 구름이 되었다는 걸 너도 아니? 알겠지. 알아야지. 모르면 미울 것 같아. 아니, 거짓말이야. 우린 단 한 순간도 서로를 미워하지 않을걸.

차 태워줘서 고마워. 살던 동네에 자주 와줘서 고마워. 붙잡을 때마다 붙잡혀줘서 고마워. 욕할 때 아무렇지 않게 들어줘서 고마워. 너의 물건을 내가 버릴 수 있게 해줘서 고마워. 종종 해주던 서프라이즈 고마워. 한 번쯤은 평범으로 점철될 수 있던 시간을 만들어줘서 고마워. 우리의 다툼과 이별의 원인은 무조건 나의 불행이었다는 사실을 스스로 깨닫게 해줘서 고마워. 나의 결핍을 물질로 채워줘서 고마워. 물론 아직까지 쓰고 있는 것은 한 개도 없어. 전부 장례식을 치뤘어.

당신의 아이는 당신을 꼭 닮았는데, 나는 그게 왜 그렇게 마음에 밟혔는지 모르겠어. 그때의 나는 당신 아이를 당신만큼 사랑했을지도 모르겠어. 커플룩, 스티커 사진, 노래방, 야간 택시, 효원 공원, 길거리 떡볶이, 24시 순대국. 버릴 생각이 없던 것을 전부 버리게 되면 어떤 것들이 그 자리를 또 채우게 되는지 궁금해. 악착같이 변변치 못한 나는 그럴 자신이 안 생기더라. 지금 당신 곁에 있는 것들이 더욱 당신을 당신답게 하길 바랄 뿐이야.

오만했던 시절의 나는 어떤 사람에겐 그럴만한 가치가 있어 보였을 것 같아. 반경에 좀처럼 살고 있지 않던 인간상은 아무래도 좀 궁금해지니까. 술자리에서 아이스크림을 사 먹으러 단둘이 자리를 이탈하는 클리셰. 지금 생각해도 너무 귀엽지. 그런 식으로 내부에 서로를 들인 일. 나는 내가 너의 일부를 점유했었다는 사실이 가끔은 뿌듯해. 사랑이 끝나서 끝난 유일한 사랑. 그런 게 너였다. 우리였고, 순수였다. 아, 그리고 대체 어떻게 했던 건지는 모르지만, 두 번 다시 네가 길에 연인의 생일 축하 현수막을 거는 일은 없길.

그리고 죽어주든지, 죽여주세요.
저는 아직도 당신을 어떻게 호명해야 할지 모릅니다.

○
나의 병 나의 사랑

　병명은 나보다 의사에게 중요하다. 처음엔 병명과 약물의 이름이 중요했지만 그런 게 밝혀진다고 생활의 묘연함이 달라지지 않았다. 주변의 호의와 걱정은 기꺼이 받고 개입은 거절하면 되었다. 묘연함은 지치지도 않는다. 삽화가 사라져 단약을 해도 뼈마디 사이마다 구름이 껴있다. 나는 내가 느끼는 것보다 언제나 더 느리다.

　어떤 관계는 알아갈수록 선연해지지만 또 다른 어떤 관계는 시간이 지날수록 보이지 않는 곳에 든 멍이다. 어째서 어떤 선의는 타인을 헤아리려는 마음보다 자신을 앞세우는 형태로 실현되는 것인지 나는 알 수 없다. 누르면 아픈데 멍이 든 게 아니면 대체 무엇일까. 아무에게도 보이지 않는 멍에 외상 치료를 할 수는 없고, 또 약을 먹으며 결국 미쳐버렸다고 혼잣말을 한다. 나는 어떤 인정을 바라나.

　날것은 지저분하다. 지저분한 것은 일반적으로 격리된

다. 해롭다고 여겨진다. 이따금 해로운 것을 매력적으로 느낀다. 삶에 그것의 개입을 허용하기도 한다. 그러면 어떻게 되는지는 각자의 몫이다. 소화되지 않는 것을 토해내는 일이 괴로워서 쓴다. 나 자체는 작품이 될 수 없다고 말하는 대신 묵묵히 쓴다. 열거하지 않기 위해, 기만하지 않기 위해 쓴다. 진실에 가까워지고 싶어서 쓴다. 환상이 아니라 현실에 있기 위해 쓴다. 이 세계의 배반에 과분한 이름을 붙이지 않기 위해 쓴다. 해석하지 않기 위해, 명분 없이도 나의 기분을 허락하기 위해 쓴다.

기분을 잘 느끼지 못한다고 했다. 좋으면 있고, 싫으면 떠나고. 그렇게나 간단한 문제라고 했다. 나는 그게 잘 안되는데. 거의 무능한데. 보통은 안 그러는지. 망설이는 동안 우스워지고 파악하는 동안 이미 조종당하기 시작했다는 걸 아는데 그 알아차림이 늦다. 넉넉하게 괜찮다고 말하면 내가 충분히 알아질 수 있을 줄 알았다. 넉넉한 게 쉽다는 뜻은 아닌데. 세상에 쉬운 사람이 어딨지.

나의 병과 내가 알고 있는 그것의 시작과 지속해서 나를 괴롭히는 사건과 나를 알리기 위해 대본처럼 반복하는 이야기. 끝없이 길어지는 각주. 나는 나인 채로 잘하고 싶다. 그 무엇도 망가뜨리고 싶지 않다. 내 용기가 헛되지 않기를 늘 간절하게 바란다.

정확하게 원하는 그림을 한 번도 가져본 적이 없다. 나이, 성별, 국적. 시시하고 재미없다. 그렇지만 병이 아니더라도 나를 설명해줄 수 있는 정체성이 없는 것은 아닌데, 환자 정체성이라는 게 내가 원하는 것보다 압도적이더라. 아무것도 쉽지 않다. 편안하지 않다. 나는 나를 계속 모르고, 통제하지 못하고, 섣부르게 그르치거나 회신 불능의 상태로 사람과 관계를 맺는다. 마지막까지 결코 벗겨지지 않는 옷. 최후의 레이어 한 겹.

인체의 70%가 물이라면 정신의 70%는 사랑이라고 생각한다. 사랑하지 않고선 그 어떤 것과도 관계 맺을 수 없다. 기만하는 것들이 내 사랑에 개입할 때, 그렇게 아닌 척 선을 넘을 때 내가 가진 용기가 주저앉는다. 생각할수록 약해지는 힘도 있다. 망상일까 검열하느라 허비되는 시간. 허허벌판이 되고 나서야 스스로에게 죄를 지었다는 걸 깨닫는 불행한 서사.

생각할수록 강해지는 힘. 가지고 싶다. 그런 것은 언제나 사랑에 있다고 믿는다. 내 기분보다 사랑이 더 앞서는 나는 또 사랑의 시선으로 세상을 보려 들 것이다. 계속 일어날 것이다.

○
아이들

생활 습관, 태도, 학업 등 많은 면에서 엄격한 가정교육을 받고 자랐다. 그래서인지 예전엔 아이들을 싫어했다. 아이들은 제멋대로 구는 게 가장 자연스러운 존재인데 그런 모습을 보면 과거 나의 양육자에 이입해 눈쌀이 찌푸려졌기 때문이다. 그런 내가 대충 10년째 아이들을 가르치고 있다. 그러는 동안 아무리 최선을 다해도 닿지 못하고 실패한 마음도 많지만 기쁘고 감사하게도 잘 도달해 되받은 마음이 더 많다. 경험이 쌓일수록 아이들에겐 변화할 수 있는 무한한 잠재력이 있다는 걸 알게 되었고 그 잠재력을 발휘할 수 있게 도와주는 게 어른의 몫이라는 생각이 커졌다. 그게 어른의 도리이자 공동체적 삶의 생리와 이치라고 믿게 되었다.

가끔은 그런 생각이 든다. '얘들아, 나도 사람이야.' 하지만 아이들에게 나는 반드시 선생이라는 직업을 통과해 비치므로 나의 고충은 유효하지 않다. 나는 되도록 완벽해야 한다. 모든 질문과 의문에 대답할 수 있어야 하고, 모든 투정과 어리광에 여유 부릴 줄 알아야 하고, 모든 불성실과 예의 없음에 화내지 않고 설명할 수 있어야 한다. 당연히 종종 실패하고 만다. 다음 시간까지 스스로 알아 오라고 상황을 피하기도 하고, 어제 늦게까지 안 자고 게임 해서 컨디션이 안 좋은 거 아니냐고 수동 공격하기도 하고, 화를 충분히 다스리지 못해 다그치는 말투가 되기도 한다. 그런 날엔 아이가 집에 가기 전에 꼭 사과할 것을 잊지 않으려 한다. 내가 괜찮은 어른으로 기억되고 싶은 마음도 크지만, 성인이 되기 전 수평적 관계의 감각을 꼭 한번 느껴보길 바라는 마음도 있다.

내가 집과 사랑에 집착하는 사람이 된 이유엔 그것의 결핍이 크다. 그 때문에 살면서 내게 일어난 손에 꼽히는 운 좋은 우연은 내가 아이들을 가르치는 직업을 갖게 된 것이기도 하다. 지붕 아래에서 일어나야 하는 정서적 돌봄을 유년에 충분히 받지 못했다고 믿는 사람도 얼마든지 그 결핍을 대물림하지 않을 수 있다는 경험. 그런 기회가 주어진 이 직업을 좋아한다. 아이가 문제가 잘 안 풀려서 울먹인 날엔 집에 가서 보라고 남기는 격려의 카톡 한 줄. 충분치 않아도 스스로 뿌듯해할 땐 아낌없이 보내주는 박수와 칭찬. 공부 중에 우연히 눈이 마주치면 그냥 지나가지 않고 꼭 내어주는 미소나 농담. 이런 작지만 확실한 애정을 베풀 수 있는 기회를 통해 나는 전보다 다정한 어른이 되어왔다. 생각해 보면 힘들 때 누군가의 '괜찮아?' 혹은 '힘드니?' 같은 한 마디로도 충분히 위로를 받으면서 막상 주는 일은 쉽지 않다. 정말 스트레스 받고 지칠 땐 그런 한 마디로 해소의 울음이 터지곤 하는데 말이다.

정서적 교감이 쌓이면 특히 아이들은 아주 투명하게 답례를 보낸다. 내 생일이나 스승의 날엔 당연하다는 듯이. 혹은 여러 이유로 그만두게 될 때도 어색하게 이별하는 대신 작은 선물과 손편지를 안겨 준다. 내가 오랫동안 일했던 곳을 떠나올 때도 그랬다. 아이들은 약속이나 한 듯이 연락처를 물어오고 인스타그램 계정을 알려달라고 하고 편지를 주고 평소에 내가 강의실에서 종종 먹던 간식을 사오고. 늘 미달이라고 여기는 내 사랑, 그 총량의 일부는 주변 아이들이 채워준다. 내가 돈을 벌어야겠다고 마음먹지 못했다면 채워지지 않을 사랑이 돈보다 확실히 나를 채워준다. 돈을 버는 일은 꼭 자본주의에 대한 항복 같아서 싫었는데, 그 항복이 계산 없고 편견 없는 사랑으로 돌아오고 있으니 분명 좋은 일이다.

이 사랑의 울림에 지나치게 깊이 빠져들고 싶지 않아 아이들은 또 금방 잊을 것이라고 생각하다가도 내가 의도치 않게 점유한 아이들의 한 시절이 영원히 갚지 못할 빚으로 내게 남을 것임을 안다. 결국 완전히 잊혀지는 대상은 없을 테지. 아이들에게 과연 전할 날이 올까? 선생님이라는 호칭의 방향은 너희들에게서 나로 향하지만, 사실은, 정말로, 진심으로 너희들 또한 내 인생의 큰 스승이란 사실을.

나와의 작별을 주제로 글짓기 상을 수상했다는 소식을 전해준 아이가 떠오른다. 오늘은 먼저 연락을 남길 용기를 내어본다.

◯
걷혀질 용기

　몇 년째 눈썹을 적당히 가리는 길이감의 앞머리가 있는
짧은 단발을 고수하고 있다. 변덕이 심해 계절마다 스타일을
바꾸던 20대를 지나 마침내 정착한 스타일이다. 꾸밈 노동에
들이는 시간을 아까워하는 내게 가장 적절한 스타일은 숱 많
은 긴머리나 바리깡을 대는 숏컷보다 조금 자라도 많이 티가
안나고 부스스해도 덜 지저분해 보이는 지금의 스타일이다.
후루룩 감고 탈탈 말리며 뻗치지 않게 손으로 잡아주면 끝이
다. 아직도 가끔 어르신들로부터 왜 여자가 머리를 기르지 않
냐는, 남자친구가 싫어하지 않냐는(누가 봐도 내 머리는 여성의
카테고리에 들며 여성 커트 비용을 지불함에도), 어떻게 대답해도
그분들 마음에 들지 않을 질문을 받곤 하지만, 이젠 어느 정
도 내 시그니처가 되지 않았을까 생각할 만큼 많은 면에서 어
울리는 스타일이다.

　오랜만에 앞머리를 길러볼까 고민하던 때였다. 쪼그려
앉아 담배를 태우다 고개를 치켜 올렸는데, 구름 한 점 없이

푸른 텅 빈 하늘이 있었다. 그런 하늘을 가르고 있는 내 앞머리 몇 가닥이 시선에 걸쳤다.

꼭 발 같네…… 이걸 넘기고 입장하면 어디지……?

우스꽝스러운 생각이 스쳤다. 오래된 목재 가구의 향도 함께 스쳤다. 어렸을 때 집에 발이 있었나. 기억나지 않는다. 안에 무엇이 있는지 완전히 보여주지 않으면서 건드리면 자기들끼리 부딪히며 또르륵 소리가 나는 게 꽤 사람 같다. 눈썹을 가리는 길이의 내 앞머리도 표정을 완전히 보여주지 않는다는 점에서 역할이 비슷한 듯하다. 누구에게나 각자의 발이 있겠지.

한 사람의 몸에 난 점을 문 손잡이에 비유한 어느 시인의 말이 종종 떠오른다. 한 사람이 품고 있는 서사와 내면으로 입장하는 숨은그림찾기처럼 존재하는 바리게이트. 그런 게 있다면 왠지 발과 유사할 것 같다. 우리는 관계 속에서 누구나 들키고 싶어 하는 욕구가 있으니까. 사실은 드러낸 거지만 마치 들킨 것 같고 싶은 마음. 스스로 입에 올리고 싶지는 않지만 알아주기를 원하는 마음. 조금만 톡 건드리면 소리를 와르르 쏟아내며 그 안을 전부 보여줄 준비가 되어 있는 마음.

손끝만으로도 쉽게 건너편을 보여주는 발은 나를 지키기에 충분하지 않았다. 원한다면 굳게 닫을 수 있는 문이어야 안전했다. 다부지고 야무지고 똑똑해 보여서 쉽게 건드릴 수 없는 사람이 되어야 주변에서 덜 공격하고 덜 유혹하니까. 여전히 속으로는 나를 우습게 본대도 말이다. 유능해 보이기를 전략적 무기로 선택해 살아왔고 물리적으로 다 자란 지금 역시 마찬가지다. 하지만 누구에게나 양가적인 모습이 있듯 사실 나는 어떤 면에선 조금도 유능하지 않다. 규칙적으로 불규칙하고 계획적으로 무계획을 일삼으며 사려 깊게 기억하는 일에 재능이 없다. 귀엽게 표현해 그런 이면의 허당기가 아마도 나의 발 너머의 또 다른 내 모습이겠다. 나는 이런 나를 타인이 발견하고 귀여워 해주길 언제나 바라고 있다. '이런 면도 있었어?'라며 재밌어 하는 것에 그치지 않고 '이게 너의 걷기 좋은 평지구나.' 하고 나를 이따금 걸어주길 바라고 있다.

입장하지 않은 곳에 무엇이 놓여 있는지는 아무도 알 수 없다. 입장 후 장면의 일부가 되어봐야 소파가 가죽인지 패브릭인지, 시계가 디지털인지 아날로그인지, 책장에 시집과 만화책 중 어느 것이 더 많은지, 화병과 화분 중 어느 것이 주로 놓여 있는지, 그 어느 것도 없이 입장한 당신만이 서 있는지 알 수 있다. 그리고 그곳이 당신을 환대하는지 역시 발을 걷고 한 걸음 디뎌봐야 알 수 있다. 어느 쪽이나 용기는 필요하지만, 나는 우리에게 타인의 발을 걷어내보려는 용기만큼 자신의 발이 걷혀질 용기가 있기를 바란다. 바닥을 닦아주고 맨머리칼을 넘겨주는 손을 두려워 하지 않는 마음. 은밀하고 다정한 간섭을 환영하는 마음.

빈집과 집

문을 열고 들어가 신발을 벗으면서 바라본 전경에 아무것도 보이지 않을 때, 덥썩 아무것도 없다고 말해도 괜찮은 걸까? 머릿속에 떠오르는 모든 질문이 비논리적이라고 느껴지는 일. 아무것도 없음은 내가 보일까? 아무것도 보이지 않으니까 나도 안 보이지 않을까? 하지만 내가 있는데. 내가 있으면 아무것도 없는 것은 아니다.

이곳은 더 이상 빈집이 아닌가?

빈집이라는 단어를 인식하면 모델 하우스 같은 것이 떠오른다. 때 타지 않은 새하얀 벽지. 칼각이 잡힌 가구. 사람은 없다. 사람이 없으니까 그곳엔 나 또한 없다. 나는 빈집의 유령처럼 빈집을 방문한다. 고개를 돌리는 느낌이 들지 않는다. 시야가 따라오지 않는다. 매번 다른 정면이 내게 다가오는 느낌이다. 시계 바늘의 날카로운 움직임. 잎이 갈라지고 구멍난 몬스테라 같은 모양의 그늘. 환상인지 분위기인지 모를 빈집의 느낌. 귀가 찢어질 듯한 적막한 분위기.

빈집의 문을 열고 다시 밖으로 나가면 들판이 있다. 푸르고 가득한 잡초. 제멋대로 자라 무성함도 뒤죽박죽이다. 걷고, 걷고 또 걷는다. 멀리 있던 구름이 계속 멀리 있는 게 좋다. 하늘이 나를 안고 있는 기분을 닮았다. 걸으며 사람들을 지나친다. 한 명도 모르지만 다 아는 사람들. 소리내어 인사말을 주고받지 않지만 우리는 전부 웃거나 미소짓고 있기에 인사하지 않아도 괜찮다.

걸어도 걸어도 평평한 들판이다. 비가 오면 비를 맞고 해가 뜨면 해를 맞는다. 집도 울타리도 보지 못했다. 쉬어가기 위해 나무 그늘 아래 앉았다. 그런데 나 어디로 가고 있었지? 어쩌면 아까 지나쳐왔을지도 모르는 누군가가 곁으로 다가와 옆에 눕는다. 얼굴에 그늘이 안 져요. 이쪽으로 더 와요. 나도 곁에 누워 낮잠을 청할 준비를 한다. 아까 분명 빈집에서 나올 때 시계를 봤었는데 기억이 나질 않는다. 혹시 몇 시인지 아세요? 그게 뭐예요? 나는 이내 잠에 들었고 깨어났을 때 함께 자던 사람은 없었고 해와 나무는 그대로다. 엉덩이를 털고 일어나 또 시선이 닿는대로 걸었다. 계속 걸었다.

3부

있는 그대로의 사랑

○
모자라게 완벽한

지나치게 많은 말을 하고 싶지 않았다. 그러면 더 망가지고 망할 것 같았다. 전하지 못한 말과 마음 따위가 생겨버린 이유. 하지만 생각해 보면 나는 지나치게 많은 말을 들었다고 생각한다. 어쩌면 우월감을 느끼고 싶었던 지저분한 마음일 수도. 내 사랑이 적어도 상대방의 것보다 값졌다고 여기고 싶으니까. 대체 그게 누구에게 어떤 식으로 도움이 되는지는 여전히 모르겠지만, 내게도 분명히 있을 변변치 못한 마음이 바로 그런 것이겠지. 친구는 내가 전부 말하지 못해 화병이 든 거라고 했다. 말해야 한다고 했다. 전해야 한다고. 불쑥불쑥 새빨개지는 마음과 끈적한 점성을 가진 눈물. 나처럼 눈물이 많은 인간이 좀처럼 목놓아 울며 그것을 흘려 보내지 못하는 건 저주에 가깝다.

자주 생각한다. 나는 이러다 터져 버릴 것 같아요. 몸뚱이 자체가 더 이상 부풀 수 없는 물집이 되어버린 것 같다고. 나와의 채팅창에 아주 긴 문장들을 늘어놓고 또 늘어놓는다. 점

차 나아지고 있는지 정확히 알 수는 없지만, 할 수 있는 것과 해도 괜찮은 것을 하는 하루를 차곡차곡 쌓아갈 뿐이다.

나는 누군가의 심정을 아주 날카로운 방식으로 해치고 싶은 동시에 그 누구도 해치고 싶지 않기에 뾰족한 부분을 나에게 겨냥한다. 그것은 맞고 틀리고의 문제라기보다 현실성과 적절성의 문제다. 더 이상 마음을 나누지 않기로 했으니 타인의 뒤틀린 마음에 대한 첨언의 권리는 없다고 생각한다. 사실 마음을 나누는 사이여도 마찬가지다. 그게 내가 생각하는 사랑이기 때문이다. 존재하는 것 중 삐뚤지 않은 것이 있나. 한 치의 오차도 없는 게 정말 있나. 인간이 가진 것, 예컨대 콧구멍 두 개의 모양이나 두 눈이 얼굴 위 놓인 위치까지도 정확히 같은 것은 없다. 눈으로 확인할 수 있는 것조차 완벽한 것이 없는데 하물며 눈에 보이지 않는 성질과 마음 같은 것에게 완벽을 바랄 수 있을까? 완벽이라는 정의 자체가 통할 수 있을까? 완벽을 지향할 수는 있지만 정말 그것에 도달할 수 있다면, 오히려 사랑이 굳이 필요할까 싶다. 그런 게 가능했다면 조화와 균형이 뛰어난 이론이나 작품이 찬사를 받아온 역사 자체가 없었을 것이다.

나는 조금의 거짓도 없이 어느 타인의 부조화를 인정했

다. 오직 그게 그 사람이라서. 미처 가닿지 않았다면 그것은
마음이 거짓이라서가 아니라 사랑에 대한 나의 수행이 부족
해서다. 이 입장만큼은 물러설 수 없는 진실이다.

내게 단 하나의 기도문이 있다면 그것은 '있는 그대로'이
다. 받아 본 적 없는 사랑은 결코 줄 수 없다고 믿었던 시간이
있었지만 어떤 시간을 통과하며 그런 생각은 완전히 전복됐
다. 받은 적 없으니 주고 싶지 않은 것뿐이었다는 걸 깨달았
다. 받은 적 없으니 먼저 달라고 떼쓰고 싶은 것뿐이었다. 어
쩌면 완벽한 사랑에 가까운 것은 없는 것조차 없음으로 품는
일 아닐까?

나는 조금의 거짓도 없는 있는 그대로의 사랑을 받길 원
한다. 그래서 나를 꾸며 보이고 싶지 않다. 탄로나는 것은 부
족한 것보다 훨씬 더 수치스럽다. 사랑에 관한 입장 차이에
정오는 없겠지만 종종 내가 잘못되었다는 듯이 말한 어떤 방
식은 분명히 사랑은 아니었다. 그때는 왜 그런 말이 나를 사
랑하지 않는다는 말로 들리지 않았을까? 그렇게 들렸다면 내
가 나와 세상을 사랑할 시간을 더 늘릴 수 있었을 텐데. 사랑
받기 위해 애쓴 시간은 결국 나를 미워한 시간으로 남았다.
지금도 정확히 말하지 않기로 한 선택보다 정확히 듣지 못한

나를 탓하고 있으니 나는 여전히 모자라다. 그렇지만 타인의 모자람을 경험하는 일이 실은 유쾌한 사랑의 영역이 아닐까? 다르거나 모자란 타자를 경험하는 일이 그토록 괴로운 사람이라면 과연 어떤 사랑을 할 수 있을까? 더불어 결코 완전하지 않은 자신을 내어보이는 경험도. 나는 모자란 모습을 보이고 보기를 견디지 않기로 한 선택들로부터 사랑의 결여와 비애를 느낀다.

어떤 낙천

나를 확실히 전과 다른 사람으로 만든 시간이 있었다. 그 말은 이전으로 결코 돌아갈 수 없다는 말과 같다. 나는 알고 있다. 내게 있는 이상과 욕구의 괴리를.

나의 욕구는 전혀 유토피아적이지 않고 지극히 평범하다. 포섭되고 싶다. 대체적으로 평범하다 일컫는 테두리 안에 안온하게 있고 싶다. 연금이 보장된 평생 직장이 있으면 좋겠고, 한정식 집에서 상견례를 할 연인과 다정한 양가 부모님을 꿈꾼다. 내 아이를 낳아 분신처럼 아껴주고 싶다. 무병장수까진 아니지만 통계의 평균처럼 늙다 장례식장에서 사람들이 '이 정도면 호상이지.' 하길 바란다. 이 모든 것이 결코 내 것이 아님을 안다. 될 수 없음이 아닌 '아님'. 나는 실은 한 번도 이런 것을 진심으로 꿈꿔본 적 없다. 이것들이 온통 남의 꿈임을 안다.

나는 비현실적 야망가다. 평등한 사랑이 액체처럼 흐르는 세상을 꿈꾼다. 그 누구도 내 사랑이 잘못되었다, 부족하다 판단하지 않는다. 나 또한 그렇다. 쉽게 불행을 느끼는 이에게도 사랑할 수 있는 최소한의 보장이 주어진다. 각자의 다정이 서로의 다정 속에서 넘실댄다. 내가 누군가를 혹은 무언가를 사랑하는 일은 세상 전체의 사랑에 보탬이 된다. 이 세계의 비커 용량은 무한해서 사랑의 총량 같은 건 없다. 사랑의 엔트로피는 자발적인 과정에서는 항상 증가하고, 가역적인 과정에서는 변화하지 않는다.°

　내가 말했다.
　"연대와 연애는 정말 함께 갈 수 없는 걸까요?"

　친구가 웃음기 어린 목소리로 단호하고 다정하게 대답했다.
　"꿈을 꾸고 계시는군요. 하는 척은 할 수 있겠죠."

　어쩌면 꿈을 꿔서 다행인지도 모를 일. 내 안에 남은 이상으로 세상을 희망으로 여기며 살아갈 수 있다면. 희망에겐 죄가 없다. 죄는 나에게 있다. 그렇게 희망에게 빚을 진다.

° 열역학 제2법칙을 바꿔 씀.

그 빚으로 사랑을 하고 사랑을 담보로 희망을 이어간다. 하는 척 대신 꿈을 꾸려한다. 영원히 깨지 않는 꿈을. 아무리 멋진 꿈이래도 깨지 않는다면 악몽이려나. 그래도 이런 악몽이라면 꿈도 꾸지 않고 거듭해 깨는 잠보다 낫다.

오늘도 꿈을 꾸고 있다.

○

How Do I Say Goodbye°

벚꽃이 만개하면 어김없이 생각나는 사람이 있다. 세상에 영원한 이별은 없다는 걸 알려준 사람. 노래로, 계절로, 향기로, 문장으로 남아 내가 그리워 할 때마다 찾아와 주는 사람. 말하지 않아도 내 마음을 알아줄 거라는 일방적인 믿음이 오만이 아니라는 확신을 남긴 사람.

원데이 요가 레슨에 참여한 날이었다. 인사이드플로우 요가는 빈야사 동작을 물 흐르듯 이어 음악에 맞춰 진행한다. 춤사위를 닮아가는 동작엔 감정이 담길 수밖에 없다. 루틴을 따르는 동안 수차례 차올랐지만 끝끝내 흘리지 않은 그날의 눈물은 잘 우는 내게 감정의 표현이 다른 방식으로 대체되는 낯선 경험이었다. 그의 생일 하루 전, 창밖엔 어김없이 벚꽃잎이 축복처럼 내리고 있었다. 매년 어떤 플레이리스트가 생일 축하 노래처럼 하루 종일 반복되는 하루.

° Dean Lewis 〈How Do I Say Goodbye〉

이별의 속성을 자주 원망한다.

산뜻하고 싶어요. 담백하고 싶고요. 조금 우는 건 봐줄 만한 것 같은데 껵껵 소리를 내다 지치는 모습은 싫어요. 멍해지는 순간은 더욱 견딜 수 없어요. 마음이 급습을 당한다고요. 세상에 완전히 끝나는 것이 있나요? 신호 대기 중 재채기처럼 터지는 감정이 정말 사그러들 수 있나요?

이 글을 쓰는 중에도 잠시 가만히 집중을 내려놓으면 나는 언제든 울 수 있는 사람이다. 언제든 그날 그곳으로 돌아가 작별을 맞는 사람이다. 과거가 된 것은 아무것도 없다. 과거는 오직 시간의 관점에서 비롯된 한 개념일 뿐, 그럼에도 살아가야 하니까 밀어내고 덮어두고 감춰둔 마음일 뿐. 혹은 역설적으로 나는 과거가 되는 것을 두려워 하는지도 모른다. 영원이라 믿을 수 있는 것을 찾아내고 쌓아둔다. 나를 그날로 불러 세우는 것들을 잊지 않는 마음. 어떤 노래, 어떤 향초, 어떤 글귀, 어떤 꽃, 어떤 지하철역…… 전부 기억의 서랍에 있다. 마음만 먹으면 꺼내어 볼 수 있도록. 아무래도 끝나버리는 건 싫으니까. 여전히 슬픈 것이 이제 더는 슬프지 않은 것보다 덜 슬프다.

세상에 영원한 건 영원하지 않다는 사실뿐이라지만, 살아 있는 동안 이런 식으로 영원을 만들 수 있다고 믿는다. 나는 내 경험의 현존이라 내가 살아있는 한 나를 통과한 모든 것은 나만큼 지속된다. 나는 그런 것을 영원이라 부르기로 했다.

글을 쓸 수 없어요

사랑에 관한 인터뷰에 참여한 적 있는데, 그게 책으로 나왔다. 그때 무슨 이야길 했었지? 다시 읽어보니 나는 변한 게 없다. 사랑에 관한 나의 생각은 그때도 지금도 같다. 어떤 면은 영원히 변하지 않길 바라는데 대개 사랑이 그러하다. 나는 넓고 포용을 지향하고 경계를 두지 않는 사랑이 좋다. 그렇다면 내가 근래 느끼는 원망과 배신감은 책임을 물을 순 있지만 보장될 수 없는 감정이다. 타인이 끼친 해일지언정 극복은 나의 몫이다. 불공평하게 느껴진다.

예전에 신촌으로 시를 배우러 다녔을 때, 선생님께 시가 안 써진다고 하소연하면 말씀하셨다. '연애는 하니?' 선생님은 시가 써지지 않아도 사랑하고 있다면 그걸로 됐다고 하셨다. 타자를 사랑하는 일과 시 쓰기가 어떤 방식으로 등가교환이 가능한 걸까? 여전히 완전한 답을 찾지 못했지만, 그때보다는 좀 더 알 것 같다. 자기 증명은 의외로 자신의 내면을 보이는 일이 아니라 외부 세계의 간섭과 어떻게 호흡하고 있는지 살펴보는 일이라는 것을 깨달았기 때문이다.

요즘 그 말이 다시 떠오르는 걸 보면 그 어떤 글도 쓸 수 없는 상태인 지금이 받아들여진다. 비루한 마음. 원망과 저주를 넘나들다 모든 게 비겁하게 느껴져 다 멈추고 싶어지는 마음. 어제는 유서를 쓰지 않겠다는 유서를 썼다. 쓰면서 아무 일도 일어나지 않을 것이라는 걸 알았고, 실제로 아무 일도 일어나지 않았지만, 오히려 그래서인지 주변이 진공 상태처럼 느껴졌다. 약이 든 파우치가 없었다. 간신히 통화 버튼을 눌렀지만 약속한 듯 아무도 받지 않았다. 그래. 다행이었다, 모두 받지 않아서.

다행이라고 생각하는 내가 징그러웠다. 나는 이런 식으로 자기 혐오를 저지르고 재확인하는구나. 이런 건 확실히 내가 가진 사랑스러운 구석과는 거리가 멀다. 모든 것을 짚고 지나가는 일이 치졸하고 부질없게 느껴진다. 하찮은 것에 대해 나의 마음을 쓰는 일이 하찮은 것을 격상시키는 것 같아서 싫다. 모든 것은 있을 자리에 있으면 좋겠어.

자, 이제 무엇이 진짜 하찮지?

사랑에 관해서라면 명료한 믿음을 가진 나의 가치관을 지키고 싶다. 내가 세상을 사랑하는 방식. 물드는 일과 품는 일의 차이. 시 쓰기와 사랑의 비유를 통과한 적 없어 내게 도달하지 못한 사랑. 그런 사랑에 대해 죄책감 갖지 말아야지. 그런 방식으로 나를 연민하는 일 또한. 선생님의 말처럼, 시 쓰기를 대체할 수 있는 사랑. 그런 방식을 지켜야지. 세상을 오만으로 품으려 하지 말 것. 있는 그대로 둘 것. 그러면서도 고유한 시선을 가질 것. 그리고 이 모든 다짐을 언제든 해체시킬 용기를 가질 것. 이 글 또한 글을 쓸 수 없다는 말로 시작했다는 것을 잊지 않아야지.

빈 화분에 물 주기

　나는 네가 대견해. 늘 작았지만 꾸준히 자랐다는 걸 나는 알거든. 너는 지금도 자라고 있잖아. 나는 너의 그런 점이 좋아. 누군가는 그 나이에도 자라고 있으면 이상한 거 아니냐고 반문할지도 모르지만, 나는 사람은 목숨이 붙어있는 한 계속 자라야 한다고 생각하는 입장으로서 네가 충분히 너의 몫을 해내고 있다고 믿어.

　나는 네게 주어지지 않은 몇 가지를 알지. 지구력, 희망, 편안함, 완전한 봄, 따스한 유년, 부성, 사실에 근거한 기억력. 그 중엔 없음으로 너를 망가뜨린 것도 있지만, 없기에 너를 너로 완성시킨 것들 또한 있다는 걸 잊지 말렴. 그리고 사랑받음이 이것들을 극복함으로써 얻어지는 상이 절대 아니란 것도 반드시 잊지 않길 바라. 네가 너라서 주는 사랑이 진짜야. 구멍을 구멍으로 두는 사랑. 채우면 더 이상 그게 구멍이겠니? 밖으로 흘러 나오거나 안으로 빠져 들어가도 괜찮아야 구멍이지.

네가 생각하는 사랑을 내게 솔직하게 말해줄 순 없을까, 자주 생각해. 옳다는 말이 필요해서 진정한 욕구 주변을 맴돌기만 하는 적당히 합리적인 사랑 말고. 어린 날 꿈꿨던 지독한 사랑.

　　어느 선생님께서 시를 쓰지 않아도 사랑하고 있으면 괜찮다고 하셨을 때의 그런 광적인 사랑 말이야. 그러니까 사랑에 관한 너의 이야기나 입장이 아니라 네가 하고 너만이 하는 바로 그 사랑. 그런 걸 보이기 두려워 하지 않았으면 좋겠는데…… 아무래도 여전히 어렵지?

사랑에 빠진 여자의 얼굴

— '여자'와 '여성'은 여성성 또는 비남성성에 가까운 말이다.

아주 오랜만이었다. 그래서였을까? 내가 나를 제대로 보지 않는 동안 이토록 못생겨졌구나.

뒤라스의 책을 읽으며 조금은 나의 밖에서 나를 바라보는 시간을 가졌다. 불건강한 얼굴이었다. 이미 알고 있었지만 모른 척하고 싶었던 얼굴. 내 노력과 상관없이 타인에 의해 닳고 변한 구멍을 착각과 합리화로 채운 얼굴. 이 문장을 쓰면서 슬프지도 않은 걸 보니 나는 꽤 오랫동안 고여 있었나 보다.

여자의 사랑은 도무지 제대로 된 취급을 받지 못한다고 종종 생각한다. 세상이 받아들일 수 있는 수준보다 그 사랑이 언제나 한참 더 위대하기 때문이다. 이 세상의 언어로는 감히 여자의 사랑을 제대로 설명할 길이 없다. 종종 그런 사랑에 붙이는 희생, 인내, 인정, 연민, 모성, 구원 같은 말. 전부 틀렸다.

이것은 그저 '여자의 사랑'이다. 대체할 언어를 아직 그 누구도 찾지 못했다. 동시에 그럴 필요 없다고 확신한다. 모든 말은 비유에 지나지 않을 것. 내가 그동안 주고받은 여자의 사랑이 증거다.

만일 당신이 이 말을 이해한다면 당신은 여성의 페르소나로 사랑에 뛰어들어 본 사람일 것이다. 가스라이팅과 자기검열의 폭우 아래 홀딱 젖어 벗은 것과 다름없는 몸이 되어 봤을 테다. 상대의 요구나 욕망에 미달이 되지 않기 위해. 그리고 내가 나인 채로 사랑받기 위해. 나 또한 그런 사랑을 주기 위해. 그 둘을 나란히 두면 역설인 줄 때때로 모르거나 잊은 채 수치의 늪에 기꺼이 투신하는 마음. 그런 마음을 어떻게 자기 파괴나 자학으로만 번역할 수 있을까. 내가 애쓴 행위는 분명 사랑 없이 불가능한 것들이었는데.

안되는 인간의 역치가 너무 높다고 친구가 말했다. 그 말은 사뭇 내게 남은 희망이 너무 적다는 이야기처럼 들렸다. 어쩌란 말인가? 나는 사랑해서 사랑하고, 사랑으로 사랑할 뿐인데. 내게 죄가 있다면 받을 생각이 없는 사람들에게 사랑을 준 것이다. 그게 정말 죄가 된다면 벌을 받겠다. 아니, 이미여러 번 받았을지도. 또 다른 비슷한 존재들에게 사랑을 되풀

이함으로써 말이다.

　너의 잘못이 아니라고. 이 말 한마디를 스스로에게 해주
지 못해서. 분명 사랑받았었다고 나를 속이고. 그러니까 괜찮
다고 불필요한 자위를 하고 혼자서 엉엉 울다 눈물을 닦아낸
다. 미처 닦아내지 못한 눈물이 내 얼굴의 구멍들로 다시 흘
러 들어간다. 사랑의 순환처럼. 종말 없는 종말. 일상을 망가
뜨리지 않기 위해 씩씩하게 앞구르기를 한다. 늪에서 간신히
헤어 나와 내가 줬던 사랑을 직시할 수 있는 지금, 나는 그 어
느 때보다 말갛다. 결국 또다시 벌을 받게 된다면 기꺼이 받
겠다. 그게 내가 하는 사랑의 성질이므로.

◦

울창함 안으로

여름이 온 것을 식물로 느낀다. 벤치에 앉아 위를 올려다
보면 구름이 겨우 보일만치 가지마다 무성한 잎이 하늘 위로
콜라주 작품처럼 놓여 있다. 나는 이 시기가 되면 유독 더 슬
프다. 그 어떤 말도 정확하게 감정을 묘사할 수 없지만 내게
가장 가까운 표현은 아마 슬픔이다.

햇빛과 초록의 협주는 눈이 부시다. 빛의 각도가 지어내
는 박자는 내가 따라갈 수 없게 복잡하다. 마치 울고 있는 얼
굴과 울 수밖에 없는 심경.

심경.

초여름의 심경은 늘 어딘가 부적절하다. 꼭 들어맞는 언
어가 없다. 내 상태를 설명할 수 없다. 빛을 보면 자꾸 울고
바람이 스치면 너무 가려워요. 분명 병든 것 같은데 아픈 데
는 없어요. 비가 오는 김에 비를 맞는 모습을 부르는 말이 따

로 있나요? 여름의 나는 그냥 그런 것. 아무래도 설명할 수 없는 어떤 부적절함. 오전의 기억이 때로 오늘의 것이 아닐 때가 잦다. 어느 해엔 주구장창 시만 썼고, 어느 해엔 눈을 질끈 감고 사랑을 했다. 무언가에 미쳐 있으면 시간이 빨리 흐른다. 하지만 여름의 몫이 점점 사라져 가는 게 싫어서 나는 시도 사랑도 멈추지 말았어야 했다. 이미 알고 있는 불가능한 이름들. 여름이 떠난 후 남는 것은 언제나 평범함이었다. 평범한 눈물. 평범한 고독. 평범한 슬픔. 나에게 평범함을 두고 떠나는 여름과 멀어지기 싫었다. 어떤 상태이든 감정이든 지독하고 싶으니까.

식물 사이 내리는 햇빛을 여전히 파도처럼 느끼기 위해 스스로 고통스럽기를 자처한다. 느껴지는 모든 감각이 고통처럼 잦다. 모든 작은 일렁임이 삶의 구석구석을 꼬집는 느낌. 그런 게 결국 살아있음을 느끼게 하는 불운. 그 불운이 수명을 늘리는 아이러니. 자주 살고 싶지 않다가도 가끔은 모든 고통을 버리고 나 이후의 세계로 걸어 들어가고 싶다. 경이와 슬픔을 구분하지 않는 방식을 선택하며 햇빛 아래 간신히 매달린 그림자를 바라본다. 마침내 그림자가 나로부터 뚜벅뚜벅 멀어지는 날 역시 잎이 무성하길 바란다. 5월의 오늘처럼.

○

사랑 없는 하루

「사랑 없는 하루」라는 시를 쓴 적 있다. 사랑이 없어 메마르다고 느낀 순간을 파고든 시였는데 다 쓰고 보니 오직 사랑만 남은 시였다. 눈앞의 모든 자연과 사물과 빛과 향과 분위기를 사랑을 투영한 채로 읽어낸다. 이게 내가 사랑이 많아서인지 사랑에 대한 결핍이 많아서인지는 잘 모르겠다.

퇴근길 집 앞 벤치에 잠시 앉아 나와의 채팅방에 초고를 끄적였다. 요동치는 마음과 눈동자를 가라앉히기 위해 정면에 있는 나무를 응시하며 의식적으로 느리게 눈을 꿈뻑였다. 아파트 단지 안의 지정 흡연구역이라 보통 이 사람 저 사람이 모이는 편인데 워낙 늦은 시간이었다. 몇 분이 지났는지 모르게 앉아 있었다. 그러는 동안 종종 마주치는 동네 길고양이가 빠른 걸음으로 지나갔다. 턱시도 한 마리. 치즈 한 마리. 얼마 후 바짓자락이 스치는 소리가 들렸다. 나를 쉽게 긴장시키는 소리. 모르는 남자가 옆구리에 택배 상자를 낀 채 앞을 지나갔다. 남자가 등장했던 길목은 내가 자주 환영을 보는 곳이었다. 배반이 가득히 남은 채로 반복되는 어느 환영. 어느 익숙하고 끝나지 않는 지독한 여름의 장면.

나는 그곳에서 종종 운다. 나뭇가지 사이를 통과하는 바람이 얼굴 위로 불면 눈물이 후두둑 날아가 무릎으로 떨어진다. 뭐든 일상이나 습관이 되면 감정이 덜어지기 마련 아닌가. 하지만 내게 눈물은 그렇지 않다. 흐를 때마다 배로 무거워진다. 농도가 올라간다. 그러나 시를 썼던 그 밤엔 울지 않았다. 평소보다 조금은 더 멍했지만 덜 축축했다. 자주 우는 만큼 울지 않으면 대견한 기분이 드는 날도 있다. 울면 울지 말라고, 울음을 참으면 침묵하지 말라고 재촉하는 목소리가 들린다. 울지 않으면 대견해지는 기분이 어른스러워서라고 생각했는데 어쩌면 끝내 벗어 던지지 못하는 말 잘 듣는 아이의 옷인지도 모른다. 어떤 강박에서 벗어나지 못한 채 반복하는 나의 사랑. 그런 걸 인정받고 싶은 절박함.

사랑은 아름답다. 아름답다는 말은 대체로 미감이 좋은 것들을 묘사할 때 쓰는 말이지만 간혹 지독하게 슬프거나 괴팍하리만치 난해한 장면 앞에서도 아름다움은 종종 통용된다. 아름답다고 느끼는 순간은 그 순간에 나를 둘러싼 세계와 공명한 순간이다. 그때의 헝클어짐은 자연스럽다. 공명의 순간에 흐르는 눈물은 아주 자연스럽다.

　사랑은 아름답다. 슬픔도 아름답다. 나뭇가지들이 만들어내는 공간도 아름답고, 고층 빌딩이 연결해내는 선도 아름답다. 틴 케이스에 쌓인 담배꽁초도 아름답다. 날이 갠 뒤 차에 남은 빗자국도, 어느 방 꺼지지 않은 조명도 그렇다. 습한 여름의 냄새와 겨울이 처음 느껴지는 11월 어느 아침의 공기도 아름답다. 오지 않는 봄은 더욱 아름답다. 미지를 아름답게 느낄 수밖에 없는 것은 죽을 때까지 우리는 우리를 완벽하게 알 수 없기 때문일 것이다.

　어느 여름엔 그 여름을 보내기 싫어 시집을 써 냈다. 그리고 다른 여름엔 그 여름이 끝날 것만 같아서 병원을 다니며 약을 먹었다. 보내기 싫은 간절함과 끝날 것 같은 두려움은 명백히 다른 기분이다. 간절할 땐 뭐든 하지만 두려울 땐 아무것도 못하는 게 나라는 사람이 처한 불행 중 하나다. 내 삶에 사랑 없는 하루는 없었고 앞으로도 없을 것이다. 사랑 없음은 사랑이 있었거나 있을 것이거나 있음을 원함에서 그 존재가 드러나니까.

　새로운 계절을 앞둔 지금 나는 간절한 나를 앞세우려고

노력 중이다. 유보와 불이행은 전혀 다르다. 미루지만, 느리지만 어찌 되었든 한다. 살면서 내가 느리기 때문에 놓친 것은 없었다. 내가 놓친 것은 하지 않은 것뿐이었다.

그러다 다 정리되고 끝나버리면 어떡해.

정리되지 않거나 끝나지 않은 적은 없었다. 정리되고 끝나야만 다시 자리 잡을 수 있는 거다. 이제는 여름 다음에 가을이 오면 좋겠다. 가을 다음에는 겨울. 그리고 나서야 마침내 봄이 오면 좋겠다. 자꾸만 여름 다음에 봄이 와서 반쪽만 사는 기분을 이제는 그만두고 싶다. 완전한 사계절을 보내고 싶다.

아무리 늘려도 짧은 순간

여름날 일기예보를 보지 않고 외출했을 때 우산이 없는 경우보다 곤란한 것은 열어둔 창문이다. 비가 들이치면 베란다의 감자 바구니가 위험하다. 빨래 건조대와 반려견의 배변 패드는 젖고, 바닥의 타일 사이마다 물이 고인다. 방이 습해진다. 가족 단톡방이 활성화된다. 비 온다. 창문 안 닫고 나온 것 같아. 아니야, 내가 닫았어. 다행이네. 운전 조심해.

빗속을 걷다 창문이 열린 집을 보면 빈집이겠다 싶다. 모르는 집을 걱정한다. 그래도 화분이 있는 집이라면 좋겠다. 뒷처리는 좀 힘들겠지만, 식물들이 비를 맞으니까.

카페에서 한참 작업을 하다 집으로 돌아가기 전 담배를 태우러 나갔는데 비가 쏟아지고 있었다. 햇빛도 쏟아졌다. 여우비였다. 처마 밑에 내내 서 있고 싶었다. 뜨거운 비. 높은 온도와 습도. 사진을 찍었다. 나무, 우산, 신호등, 어린이 보호 구역, 학교, 반짝반짝 떨어지는 빗방울.

가끔 동네가 예뻐 보이면 어느 과거에 시간 여행을 온 기분이 된다. 지나가는 시간을 치밀하게 느낄 때 드는 기분이다. 이런 순간엔 시를 쓰고 싶어진다. 비가 그칠 때까지만 써볼까. 완성되면 친구에게 보여줄 수 있을까. 이제는 그 누구에게도 초고를 보여주고 싶지 않은 사람이 되었다.

이따금 SNS를 통해 오래 전 함께 시를 쓰던 친구들이 여전히 시를 쓰고 있다는 소식을 접한다. 언제나 반갑고 기쁜 소식. 여전히 함께 살아가고 있는 기분. 굳이 개인적 연락을 하지는 않는다. 우리가 우리와 우리의 시 안부를 주고 받는 방식은 어쩌면 그 자체로 시를 닮았다. 침범하고 싶지 않은 기분. 과거는 과거에 두고 각자의 현재가 어떻게 시와 만나는지 산뜻하게 구경하는 기분. 구태여 과거를 불러오며 기한이 지난 정보를 복구하는 방식으로 우리와 시를 바라보지 않는 것은 이미 마친 시절의 애도에 대한 존중이다.

고민하다 일기예보를 확인했는데 이번주 내내 소나기 소식이 있다. 어째서 눈물이 났는지 모른다. 과거와 현재와 미래를 구분하는 일이 무슨 소용인지 싶다. 모든 것이 시시각각 달라지고 있지만 정작 달라진 것은 아무것도 없다. 이따금 남

몰래 까먹는 사탕의 껍질처럼 바스락거리는 기억을 꺼내면 어차피 전부 과거다. 우리가 저장하려고 한 것은 장면이다. 분위기, 냄새, 표정, 기분. 과거를 불러오고 싶어서 기억을 하고 미래로 가고 싶어서 상상을 하는데, 그 모든 것을 해내는 현재의 순간에 시간으로 분할된 나는 아무런 힘이 없다. 그것은 기쁜 일이다. 모든 나는 지금 나와 있는 것이니까.

비가 그쳐있다.

○

문우

삶의 많은 순간을 쓰지 않고는 안될 것 같다는 감각에 의
존한다. 비슷하게 느끼고 고민하는 사람들과 대화를 나누는
순간은 대체로 나를 살린다. 벼랑 끝으로 간 나를 언제나 안
쪽으로 인도해주는 건 깊고 긴밀해 빠져나오기 어려운 관계
보다 이따금 들여다 볼 때 어떤 방식이 가장 아름다운 응원이
되는지가 통하는 느슨한 연대다. 나는 그들을 무어라 불러야
할지 여전히 잘 모르지만, 동료 중에서도 좀 특별한 동료라고
부를 수 있겠다. 어쩌면, 문우.

이런 관계에 결정적으로 필요한 신뢰는 우리가 서로를 어
떻게 여기는지보다 각자가 세상을 어떻게 여기는지다. 반드
시 사적 혹은 인간적으로 친밀할 필요는 없다. 우리가 서로
모르는 채로 잘 지내온 시간처럼 앞으로도 그럴 것이라는 종
류의 믿음과 닮았다. 각자의 단단함이 서로로 인해 무너지지
않는 것. 그 사실이 오히려 동력이 되어주는 사이. 고민을 나
눌 때 그 고민의 무게가 다른 쪽으로 완전히 넘어가는 게 아

니라 함께 고민이라는 공을 랠리할 수 있는 관계. 각자만의 호흡과 속도로 조바심내지 않고 대화할 수 있는 시간. 서로의 글에 신뢰를 갖고 있으면서도 어긋나는 경우 역시 분명하게 토의할 수 있는 건강함. 여기까지 늘어놓았을 때 그래도 떠오르는 얼굴들이 몇 있어서 아주 기쁘다.

포옹이 필요 없는 관계일수록 완벽한 포옹이 가능하다는 것을 해본 적도 없이 이 문우들 덕에 믿을 수 있다. 언젠가 내가 꿈꾸는 푸르고 드넓은 평야에 도착하면 이 사람들을 전부 안아봐야지. 꼭 끌어안고 이곳에서 만나느라 우리 수고했다고 말하고 싶다.

나가며

일기예보

○

　종종 필명의 의미에 관한 질문을 받는다. 긴장한다. 조금
은 난처해지기도 한다. 사전적 의미와 나의 기질이 닮았다는
이유로 큰 고민 없이 붙인 이름 앞에서 짐짓 초라해질 때가
있다. 예상치 못한 늦여름 폭우에 신발과 발이 흙탕물로 다
젖는다. 교정을 위해 원고를 다시 볼 때마다 발이 젖었다.

　겸양의 미덕을 잘 모른다. 타인의 겸양에서 진심보다 '겸
양의 미덕을 발휘하는 나'가 감지될 때가 징그럽다. 근 몇 달
동안 스스로에게도 바깥으로도 솔직하고 싶다는 말을 가장
많이 했다. 작가로서 동력으로 삼고 추구해 마땅한 솔직함과
한 개인으로서 생활 속에서 밀고 나아가야 하는 솔직함에 관
해 생각하고 있다. 계속해서 생각한다. 그 두 영역의 교집합
과 차집합을 잘 다루고 싶다고 생각한다. 나와 내가 쓴 화자
모두 각자의 영역에서 투명함에 가깝기를 바라고 바라며 또
생각한다.

쓰고 고치는 내내 화자에게 계속해서 말했다. 네가 나보다 앞에 있어야 한다고. 나보다 더 앞으로 나와야 한다고. 그래야 진짜 솔직해질 수 있다고. 기만도 검열도 하지 않는 글쓰기를 하고 싶었다. 사건의 사실 관계를 나열하지 않으면서도 결국은 모든 일의 진실을 이야기하기. 실패도 성공도 없는 일이지만 나와의 약속을 지키고 싶었다.

느리고 기복이 심한 작업자에게 손 내밀어주고 기다려주고 기타 업무를 도맡아 준 김규열 편집장님과 추천의 글을 흔쾌히 승낙해준 오랜 벗 김연재 작가에게 깊은 고마움을 전한다. 그러고 남은 마음은 전부 나에게 주고 싶다. 내가 제일 애썼다. 이 작업에 마침표를 찍으며 나라는 사람과 내가 하는 글쓰기가 결국 날씨를 닮길 바라고 있다고 어렴풋이 이해하는 중이다.

해가 짧아졌음에도 좀처럼 사그라들지 않는 더위다. 내일부터는 비가 예보되어 있다. 모두 우산을 잘 챙기거나 챙기지 않아도 괜찮기를 바란다.

추천의 글

이튿날의 되풀이: 결벽적으로 실패하기 위하여

김연재(극작가)

○

사랑한다는 것—그것은 한 사람을 신이 그에게 의도했던 대로, 즉 그의 부모가 만들어 내는 데 실패한 모습으로 바라보는 것이다.

사랑하지 않는다는 것—그것은 한 사람을 그의 부모가 만들어 낸 모습으로 바라보는 것이다.

사랑이 식는다는 것—그것은 그 사람 대신에 테이블이, 의자가 보이는 것이다.°

비가 온 다음 날을 상상해 보라. 어제는 밤새도록 천둥번개가 쳤다. 오늘은 언제 그랬냐는 듯 환하게 반짝인다. 출근하는 사람들, 학교 가는 아이들, 우산이 없는 기쁨. 흙탕물이 넘치던 곳에는 차갑고 투명한 물이 흐르고 있다. 어제와 다른 물이지만 어제만큼 위협적인 물이다. 유보는 이 물살을 쓴다. 폭풍의 생존자로서 폭풍을 다시 산다. 온전히 돌이킬 수도 가뿐히 나아갈 수도 없는 잔해 속에서 그녀는 말 그대로 선택을 유보한다. 대신에 어제와 다른 어느 하루를 반복한다. 반복의

° 마리아 투마킨, 『고통을 말하지 않는 법』, 서제인 옮김, 을유문화사, 2023, 371쪽 마리나 츠베타예바 일기 중에서.

이유는 단 하나다. 낫지 않기 위해서. 낫지 않는다는 것, 이것이야말로 그녀가 자신의 삶과 글쓰기 그리고 이 세계를 대하는 윤리다. 그녀는 쓴다. "아무리 괴로워도 아프지 않고 싶지 않다"고.

시인은 언어를 한번 상실했다가 다시 한번 간절하게 되찾는 사람이다. 우리가 인식하는 세계는 언어가 우주를 분절한 결과다. 그러나 시인의 시선은 언어로 분절되기 이전의 우주를 향한다. 어떤 디딤대도 없는 무한의 흐름. 거기를 엿본다면 누구든지 말을 잃고 광기로 얼어붙을 것이다. 나는 내 친구 유보의 지독한 우울을 이렇게 이해한다. 그러나 시인은 실어와 광기의 찰나에 언어를 붙잡는다. 텅 빈 우주를 모험하지 않았더라면 만나지 않았을 언어를. 나는 시인 유보의 글을 이렇게 읽는다. 유보가 빈집의 유령인 까닭은 언어로 분절되지 않는 저 아득한 우주로 여행을 떠났다가 귀환한 사람이기 때문이다. 유령은 죽음의 다음날에 기거한다. 이튿날. 죽음으로부터 한 발짝 걸어 나온 이 막연한 하루가 그녀를 쓰게 한다. 이 하루가 그녀를 낫게 한다.

유보는 결벽적으로 실패한다. 삶에, 사랑에, 글쓰기에. 나는 사실 이 책을 읽으면서 저자를 좀 찰싹 때리고 싶었다.

이렇게 지독하리만치 자신을 파고들어야 하냐고, 상처의 딱지를 떼어내야만 하냐고, 아직도 처음처럼 아프냐고 잔소리를 늘어놓고 싶었다. 이토록 큰 사랑을 가진 사람이 왜 작은 의심 하나에도 벌벌 떠냐고, 어떻게 이리도 여자일 수가 있냐고 따져 묻고 싶었다. 그러다가 문득 그녀가 내가 아는 사람 중에 가장 앞뒤가 똑같은 사람이라는 사실이 떠올랐다. "내게는 어떤 '척'을 하지 않음으로써 지키고 있는 세상에 대한 예의가 있다"고 그녀가 썼듯, 이 책을 엮고 있는 투명한 힘이 느껴진다면 그것은 세상을 향한 커다란 솔직함이다. 나는 유보라는 사람으로부터 솔직함이 커다랄 수 있다는 사실을 배웠다. 동시에 그것은 너무나 취약하여 언제든 훼손되거나 배신당할 수 있다는 점 역시 배웠다. 이것은 '언니'만이 알려줄 수 있는 삶의 비밀이었다.

그러므로, 나는 당신이 삶의 마땅함으로부터 배신당한 어느 날에 이 책을 펼치면 좋겠다. 아무 페이지를 열어 거기에서 계속 얼굴을 씻고 있는 이의 몸짓을 느낀다면 좋겠다. 먼저 슬픈 사람의 목소리를 들었으면 좋겠다. 나는 당신이 책갈피 없이 이 책을 읽었으면 좋겠다. 첫 장부터 마지막 장까지 순차적으로 읽는 대신 문장들을 길어낸 물속으로 걸어 들어가 앞도 뒤도 없이 헤엄치면 좋겠다. 그렇게 계속 책을 펼

치다 보면 이 책이 꼭 당신 자신이 쓴 것처럼 느껴지는 순간
이 올 텐데, 그때 비로소 당신은 다 울고 난 이의 깨끗한 얼굴
로 깊고 편안한 잠에 들 수 있을 것이다. 그리고 그 잠에는 반
드시 끝이 있을 것이다.

김연재 (극작가)

희곡에서의 여성적 글쓰기를 실천하며 문자, 말, 몸의 사이를 탐구한다. 극단 동 월요연기연구실에서 인류세 이후의 연극 형식을 실험하고 있다. 〈매립지〉, 〈복도 굴뚝 유골함〉, 〈낙과줍기〉, 〈상형문자무늬 모자를 쓴 머리들〉 등을 쓰고 공연했다. 지은 책으로 『상형문자무늬 모자를 쓴 머리들』, 『한쪽 발은 무덤을 딛고 나는 서 있네』(근간)이 있다.

빈집과 공명

초판 1쇄 발행 2024년 10월 21일

지은이   신유보

펴낸이   김규열

편집   김규열

디자인   김규열

펴낸곳   출판사 결

등록   2022년 5월 17일 제2022-000013호

이메일   gyeolpress@gmail.com ｜ 인스타그램 @gyeolpress

ISBN   979-11-979322-9-8 (03800)